今夜は終電を逃して語りたい

てっちゃん

夕方から夜になる
瞬間も良い

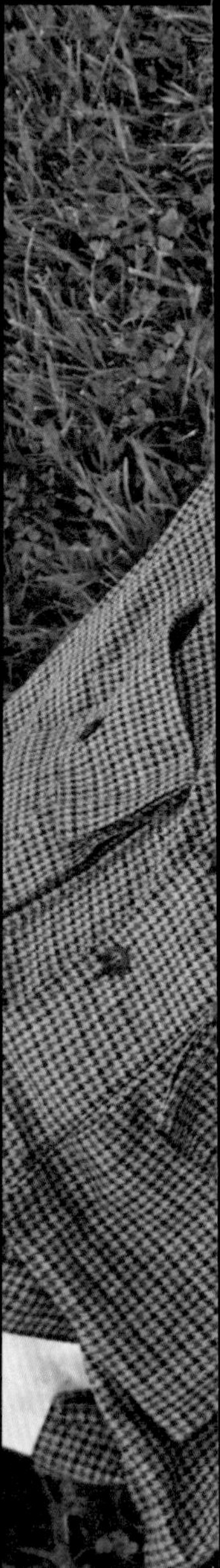

だんだん
日が落ちてきた

STUCK
SKATE
KLAB!!

思わず熱く語る
長い夜も

STAFF

ブックデザイン ——— 柴田ユウスケ(soda design)
吉本穂花(soda design)

撮影 ——— 信岡麻美[cover、p1~16、p188~191]
柴田ユウスケ[p24、p64、p100、p134、p160]

マネジメント ——— 近藤 旬(株式会社SAI)

DTP ——— 谷 敦(アーティザンカンパニー)

校正 ——— 麦秋新社

編集 ——— 篠原若奈

Contents

part 2

忘れられない恋に「ありがとう」

part 3

友情という青春の証

part 4

YouTuber てっちゃんとして

part 5

普段の僕 ～20代男子として～

オリジナル小説「顔」

はじめに

こんばんは、てっちゃんです。

本書を読んでいただく前に、まずはこの本を手に取ってくれたあなたにお礼を言いたい。

本当にありがとう。おそらくあなたは僕のことを認識していて、もっと言えば僕のファンであるだろう。そして今この瞬間、僕もあなたのファンになったと公言したい。

しかし僕のことを全く知らず、たまたま手に取ってくれた方も少なからずいるとあわよくば期待したい。もう僕は単純なのでそんなあなたのファンである。読み終えた頃には両思いになることに期待している。

この本は僕が23年間生きてきて、感じ、経験し、学び、悩んだ、「自分のこと」「恋愛」「人間関係」「仕事」「趣味」等々を自分の言葉で一から書いたものである。自分でも書きながら少しエモくなってしまった。是非つられてエモくなってほしい。

それでは簡単に僕の自己紹介でもしよう。1998年3月23日生まれ、大阪府出身、大阪府民でも知っている人は少ないであろう「大東市」育ちだ。中学、高校の時に友達に「おまえって地元どこなん?」と聞かれたら、僕は決まって「東大阪やで〜」と答えていた。なぜなら大東市と答えても「どこやねんそれ」と言われるのが恥ずかしかったからだ。だから決まって隣町の東大阪の名前を乱用していた。あの時は本当にすまなかった。だけど善良なる大東市民よ、これで少しは大東市を全国に知らしめることができたぞ！

続いて僕は何者なのか？

5人組YouTubeグループ【Lazy Lie Crazy】通称レイクレのメンバーの1人だ。主に「〜やってみたシリーズ」「1ヶ月〜生活」などバラエティ系の動画を日々投稿している。今知った方は是非ともチャンネル登録をお願いしたい。後悔は決してさせないので。

まぁ僕が一体どんな人間なのかはこの本を読んでいただければ大方分かると思う。20代に突入した僕から10代に向けて言いたいこと、同世代に向けて言いたいことを僕なりの言葉で、解釈で伝えていこうと思う。10代、20代に感じたあの瞬間は大切でかけがえのないモノで時間で……そんなことをこの本を通じてみんなと共有できたら幸いである。

本書はみんなと向き合って一緒に語るような気持ちで執筆している。今夜くらいは、終電を逃してでも僕の話に盛大に付き合っていただきたい。

part 1

青かった時も、自分の人生の一部にして

僕とは？

「僕とは？」ってタイトル。いや、いきなり範囲広すぎやろ。身長は？　体重は？　僕は何が好きで何が嫌いで、こんな服が好きで、こんな人は苦手で、彼女はいるの？　いないの？　正直「僕について」を挙げ出したらキリがない。

だから、とりあえずこの章では僕の「性格」について語ろうと思う。

これを読んでくれているみんなは、YouTubeを見て、ツイッターやインスタグラムを見て「てっちゃんはこんな人なんだろうなぁ」と色々な想像をしているかもしれない。その予想が合っているかどうかの答え合わせはこれからしていこう。

まず僕は1人が好きだ。1人で映画を観たり、ベッドでゴロゴロしたり、とにかく1人でリラックスしている時間がたまらなく好きだ。そのモードに入った時には「これでもか」というくらいダラダラする。家から一歩も出たくない。いわゆる「インドア」ってやつだ。休日なんてベッドから動く気にもならない。ベッドで1日中映画を観るとか、スマホで1日中漫画を読んでいたりしてても飽きない。この事実を「アウトドア派」の奴らに話すと、決まってこう返してくる。「そんな風に時間を無駄にしたくないんよなぁ〜」おいおいおい。僕にとってその時間こそが至極であり最高に充実しているんだぞ？　まぁアウトドア派のおまえらに言っても分からないか、と自己完結する。「充実した時間」の捉え方は人それぞれなんすよ。

あ、でも旅行は大好きです。

そして僕は「人見知り」だ。といっても少し特殊な人見知りだ。「仕事で出会う人」。この人たちに関しては割と社交的に話すことができる。まぁ仕事だから話さないといけない、という潜在意識がそうさせるのだろう。しかし友達の友達だったり、綺麗なお姉さんだったり、街で声をかけてくれるファンだったり、古着屋の店員さんだったり、居酒屋で急に喋りかけてくる人だったり……。

この類の人たちとは上手く話すことができない。咄嗟（とっさ）に何を話したらいいか分からなくなるし、自分から会話を広げるという神スキルも発動することができない。そして最終的に相手に「あ〜この人は私に興味が無いんだな〜」と思われる。

だが声を大にして言いたい。めちゃくちゃに興味がある。僕は人と仲良くなることが好きだし、本来は社交的な人間だ。それを上手く言葉で、表情で、表せないだけなんだと。あなたたちと離れた後、いつも帰り道に後悔しているんだと。

だから僕と仲良くしたいと思ってくれる人は時間をかけてほしい。育成ゲームだと思ってほしい。

僕はあなたにすごく興味がある。

僕の黒歴史

YouTubeではもちろん、SNS各種でも一切発信したことがない黒歴史が僕にはある。この本でそれを曝け出そう。

僕は約3年前20歳の時に『FINEBOYS（ファインボーイズ）』という雑誌の専属モデルオーディションに応募したことがある。ファインボーイズを知らない人に軽く概要を説明しよう。まぁ簡潔に言うと、とんでもない高身長イケメンたちが載っているファッション雑誌だ。

そこに僕みたいな「どこにでもいる奴」が応募したのだ。もうこの時点で黒歴史は確定なのだが、本題はここからだ。ていうかなぜ応募したのか？　理由はいたって安直だ。「YouTubeを伸ばしたかったから」である。当時レイクレは登録者数に伸び悩んでいた。だからここで僕がファインボーイズの専属になれば必然的にレイクレも伸びるんじゃないかと考えたからだ。あ、あと単純にモテたかったし。

そしてなぜか書類選考を通過した。おい、まじかよ。本当に声に出して言ったかもしれない。そしてメールには二次審査のお知らせがご丁寧に書いてあった。東京の日之出出版にて実際に審査員を目の前に審査されるというものだった。日之出出版というのはファインボーイズを刊行している出版社である。「お〜次は本社かぁ」と少し興奮していた。

そしてオーディション当日。お金の無かった僕は、夜行バスに乗って東京へと向かった。バス内では雑誌の表紙を飾る僕の姿を想像し、胸を躍らせていた。会場に着くと、そこは異様な雰囲気に包まれていた。周りを見渡せば高身長イケメンだらけ。まさにイケメンパラダイスの世界。僕は肩身が狭かったけど、待ち時間に「ORANGE RANGEの【イケナイ太陽】」を聴いて僕もイケパラの一員なんだと言い聞かせていた。それから30分くらいが経過しただろうか。スーツを着た男の人たちに案内されながら8〜9人くらいの未来の専属モデル候補たちと一緒に大きい会議室へ案内された。

入室した途端、緊張が一気に走った。

「おいおいおいおいおい、審査員多すぎやろ」

僕の記憶が正しければ8人くらいいた気がする。これが大手ファッション雑誌か。それと同時に僕は1つ疑問を抱いていた。未来の候補生たちがギターだったり、トランプだったり、オーディションには必要なさそうな小道具を持っていたからだ。「おまえら合格したいからってギターできますアピール、マジックできますアピールするのは逆効果だと思うぜ？」などと思いながら僕は席に座っていた。そして1人ずつ自己紹介が終わり審査員の1人が思いがけない一言を吐いた。

「それでは一人ずつ特技を披露してください」

え？　そんなこと聞いてないよ？　僕だってギター弾けるし、マジックもできるけど、肝心の小道具をなんも持ってきてないよ？　僕は頭がパニックになった。隣で自信満々に弾き語っている男の歌なんてもう耳に入らない。どうしよう、どうしよう。

そして僕の出番が回ってきた。もうどうにでもなれ。僕は審査員たちに向かってこう言った。

「一発ギャグやります」

もう後戻りはできない。やるしかない。僕は自分の小指を上下に運動させこう言った。

「小指の腹筋」

会場は静まり返った。誰1人として笑っていない。僕だけが苦笑い。地獄だ。生き地獄だ。大阪に帰りたい。そして審査員から一言。

「ありがとうございました」

僕は自分の席に戻って、今日の晩御飯のことを考えていた。もう疲れたよパトラッシュ状態だった。そして会場を後にし、書類選考通過のメールを再度確認した。そこには「特技を披露してもらうので準備が必要な方は事前に用意しておいてください」等々事細かく詳細が書いてあった。見落としていた。通過した時点で舞い上がり、肝心なところをすっかり見落としていた。後悔と自責の念にかられ大阪へと帰った。

数日後。合否のメールが届いた。結果は「不合格」、そらそうか。

その日はひどく暑い夏だった。


いやいや、最後小説風に終わらすな。まぁオチに困ってたからこれで許して。

以上が僕の黒歴史。ファインボーイズさん、機会があれば僕を雑誌に載せてください（笑）。

男の垢ぬけ方

正直言うと垢ぬけ方を人に教えられるほど、僕自身垢ぬけてはいない。だけどこうしたら「格好良くなんじゃゃね？」というアドバイスならできそうだから男性諸君は聞いてくれ。独断と偏見で語らしてもらう。

男に生まれた者たちは「服」「髪型」にお金をかけるくらいなら、自分の趣味や晩飯代、飲み代にお金をかけてしまう生き物だと思う。まぁ実際僕もそうだったし。

ここで僕が言いたいのは、毎月の趣味や晩飯代、飲み代にかけているお金を少し減らして、代わりに洋服や美容院に行くお金の方に費やしてほしい。

補足だがメガネをかけている子はコンタクトに変えてみるのも1つの手だ。度の強いメガネはレンズ越しに目が小さく見えたりするし。僕も高校生の時にちょっとイメチェンしたくてコンタクトに変えました。

君が男子大学生なら髪型や服装はおそらく自由だろうから、一度オシャレな美容院で憧れの芸能人の髪型に寄せてもらったりしよう。

僕は垢ぬけるために、とりあえずパーマをあてた。なんかパーマってかっこいいし。そんなことでいいと思う。とりあえず自分の外見にいつもより課金をしよう。

次に服装だ。自分の周りにいるオシャレな友達とショッピングしてこい。仮にオシャレな友達が周りにいなきゃ、メンズノンノとか読んでモデルたちの洋服を真似してみてもいい。オシャレはまず真似から入るのも1つの手だろう。そこから徐々に自分が好きな洋服を着たらいいと思う。

要は垢ぬけるには外見の基礎作りからだ。たまに奇抜な服装や髪型でもオシャレを確立している型破りな奴もいるが、そいつらも型があるから型破りになれる。いきなり奇抜な服装や髪型は避けた方が身のためだろう。

最後に内面だ。男は常に余裕が無いといけない。女の子を前に気配りができたり、後輩には慕われる存在になろう。手っ取り早く外見は垢ぬけられるが、内面が垢ぬけてこそ真の垢ぬけと言えるだろう。

ちなみに僕は今日が原稿提出の締め切り日だが、まだまだ間に合いそうにない。余裕なんて全くもって無い。それに中高時代、別に後輩には慕われてなかった気がする。

男子のみんな、お互い垢ぬけようぜ！

イキってお酒を浴びるほど飲んだ日

20歳なりたては「お酒・煙草」解禁ウェーイの時期である。大学生がこぞってストーリーにお酒と煙草をセットで載せる。またツイッターでは「昨日は迷惑かけてさーせんｗｗ禁酒します」などといったツイートで溢れる。

そんなウェーイ時期に僕もやらかしたことがある。これは20歳なりたて、大学の友達と京都で飲んでいた時の話である。

お金の無かった僕たちは、ある看板に惹かれた。【30分５００円 飲み放題】

やっす！ 僕たちは顔を見合わせ、目だけで会話をし、看板に釣られるかのように入店した。

僕たちの考えはこうだ。30分の間に一人10杯くらい飲んで５００円で手軽に酔うぞ、といった計画だ。

僕たちは「30分でお酒何杯飲めるのか」のギネスでも狙ってるのか？ くらいのハイペースで酒を浴びるほど飲んだ。

30分後。2人はベロベロ。そして京都の街に再度繰り出した。だが僕はそこからの記憶が断片的だ。ふと気付いた時には僕は一人鴨川で寝ていた。友達も消えていて連絡もつかない。さぁてどうしようか。

とりあえず河原町へ繰り出した。が、またふと気付くと僕は電車の中にいた。隣には知らない女性がいた。「あ、起きた。大丈夫?」。僕は「え? 誰?」状態だったが、詳しく事情を聞くと、酔って道に座っていた僕を心配して救い出してくれたらしい。僕は酔いながら「関大前まで~」と自分の最寄駅を伝えていたらしい。なんやそれ。

てかこの展開、恋愛ドラマの始まりかよ! と思っていた矢先、その女性は自分の最寄駅で降りていった。

まぁそりゃそうか、と思い電車に揺られながら、当時、僕の家があった関大前で降りた。そしたら急に気持ち悪くなって、駅のトイレに駆け込んだ。色んな感情が詰まったゲロを2回吐いた。その日はいつもよりだいぶ寝つきが悪かった。

ヤンキーに殴られる

僕は中・高・大とエスカレーターの私立に通っていたため、「ヤンキー」という存在とは全くの無縁であった。そんな僕が大学生の頃、「ヤンキー」に殴られた時の話をしよう。

時は２０１８年。ちょうど20歳の頃だ。レイクレメンバーである「ぺろ愛男爵」と京都の河原町で昼間からお酒を酌み交わしていた。夕方には２人とも気持ち良くなり、ぺろ愛がある提案を持ちかけてきた。

「あ～ええ感じに酔ってきたわ、女呼ばへん？」

男子大学生なんてみんなそうである。お酒が入れば女が欲しい。これは男に流れるＤＮＡがそうさせているとしか思えないほどである。僕の返答はいたってシンプルだ。

「あり！」

そしてぺろ愛はLINEで女の子２人を誘った。時刻は23時。流石にこんな時間からは無理だろうと諦めていたが、まさかの返事が返ってきた。

「ちょうど私らも河原町で飲んでる！　一緒に飲も〜」

ぺろ愛の返答もいたってシンプルだ。

「あり！」

そして男女4人で飲むことになった。僕とぺろ愛は昼から飲んでいたため、かなり仕上がっていた。僕なんて大リーグでホームラン打ちまくっている大谷選手くらい仕上がっていただろう。


それからどれほどの時が経過しただろう。記憶は曖昧だが、意識を取り戻すと、僕は外にいた。外は大雨が降っていた。さっきまで一緒に飲んでいた女の泣き叫ぶ声が聞こえる。僕の目の前には恐ろしい形相を浮かべたヤンキーが怒鳴っていた。

「おまえしばくぞゴラァ！」「もうやめーやぁ！」

僕には意味が分からなかった。ただただうるさい。それしか頭になく、お酒の入った僕はヤンキーの前で、素直に思ったことを口にしてしまった。

「あ？　だまれや」

そしたら殴られた。体を何回も殴られた。少し抵抗しようと思ったが、僕の視界にはヤンキーが3人もいた。勝てるわけがない。あ、いや、でも待てよと。こっちにはぺろ愛がいる。あいつに助けを求めよう。

僕はぺろ愛の行方を捜していると、驚くべき姿の彼を発見してしまったのだ。もうすでにボコボコにされた姿か？　それとも女とイチャついている姿か？　いや違う。僕が殴られている様子をiPhoneで撮影していたのだ。

「ぺろも撮ってんと止めてーやぁ！」

女が泣きながら訴えかけていた。だが、ぺろ愛はカメラをずっと回している。

映画『カメラを止めるな！』を前日に観たのだろうか。それほどまでに、ぺろ愛はカメラを回し続けていた。

普通の人間であれば止めるだろう。カメラも喧嘩も。だが彼はカメラをずっと回し続けている。この状況下でもカメラを回し続ける精神はYouTuberとしては一流だが、人としては三流である。

呆れた僕はぺろ愛の助けを諦め、意識が朦朧としつつもひたすらヤンキーに謝った。土下座までした。そして事は収まった。

後からぺろ愛に僕が殴られた訳を聞くと、一緒に飲んでいた女が、酔った勢いで彼氏に電話をし、電話越しに僕の声が聞こえて不安になった彼氏が仲間を連れてお店まで向かったら、僕と女がイチャついていた。それでブチ切れたらしい。

ヤンキーもすごく恐かったが、なによりそれを楽しそうに話してくるぺろ愛男爵が一番怖かった。

免許合宿での約束

大学1年の夏、僕とぺろ愛男爵は2週間の免許合宿に行った。

「男なら免許いるやろ〜」という単純な理由で免許合宿に行った。

千葉県南房総市の「千倉」。ここにポツリと立つ「千倉自動車教習所」の側に位置する宿に合宿することとなった。そして僕らは大阪から何時間もかけてようやく千倉にたどり着いた。千倉は山と海に囲まれた自然豊かな街だった。2人は口を揃えた。

「めっちゃええとこやん」

僕らはテンションが上がっていた。免許講習が終われば、綺麗な田舎町をサイクリングしたり、海に飛び込んだり、スイカ割りをしたり、もはや旅行に来たと錯覚してしまいそうになるほどの充実ぶりだった。

そして初日の夜、ぺろ愛からある提案を持ちかけられた。

「俺ら同じ部屋で2週間も衣食住を共にするわけやん。しかもこんな綺麗な街で。なんか千倉を汚したくないというかなんていうかさ、綺麗な状態で大阪帰りたいし、この2週間は『オナニー』せんとかへん？」

今思い返せば、彼は何を言っているのだろうと思うが、当時18の僕は彼の思想に妙に納得していた。

「いやぁ、間違いない。ここでは煩悩を捨てようぜ、千倉汚したくないし」

なぜ僕らは千倉でオナニーをすることがイコール「千倉を汚す」という考えに至ったのかは分からないが、18の僕らはこの馬鹿げた約束を初日に交わした。

その約束を交わして以来、僕らは千倉の街を清潔に保つことに専念した。

「おまえしてへんよな？」「当たり前やろ、この街を汚したくないんやから」

僕らは毎日確認し合っては安堵していた。5日目あたりからは、約束を果たさなければ、という使命感に駆られていた。

そして6日目。講習中にぺろ愛からある提案を持ちかけられた。

「これ終わったらチャリで女性の宿泊施設探さへん？」

この時、僕は思い出した。この男はとんでもない性欲魔獣だったということを。ましてや6日も我慢していることがこの男にとっては奇跡に近いのだ。

「あり〜〜〜！」

あぁそうだ。僕だって男だ。6日も千倉は汚さずに過ごしているのだから、それくらいは神様も許してくれるはずだ。

僕らは毎日、講習が終わると女の子たちは車に乗せられ、女性専用の宿泊施設へと運ばれているのを見ていたため、場所は当初からかなり気になっていた。講習が終わると、僕らはチャリに乗って女性宿泊施設捜索の旅に出た。

「見つからへんなぁ」

「せやなぁ」

僕らは2時間くらい捜索したが一向に見つけ出すことはできなかった。気付くと外はすっかり暗くなっていた。僕らは諦めて進路を変更し、海岸まで自転車を走らせることにした。ふと空を見上げると、そこには満天の星が広がっていた。

「あぁ今日も千倉は綺麗だ」

そして7日目。仮免試験の日だ。ぺろ愛は合格。僕は不合格だった。一時停止の標識で一時停止を忘れるという初歩的ミスによって落ちてしまった。

それから僕とぺろ愛のスケジュールは大幅にずれた。今まで僕たちは同じ時間に同じ講習を受けていたが、僕が不合格になってしまったため、ズレが生じてしまったのだ。

僕は朝に講習を受け、ぺろ愛は昼から講習といった事態が多々起きることとなった。

つまりこれはあの約束を破る可能性が広がるということを意味する。なぜなら部屋に一人で過ごす時間が生じてしまうからだ。


しかし僕らの絆は深い。7日も耐え抜いてきた。もちろん抜いてはいない。

毎日確認し合っては、お互いの絆を深め合った。


そして10日目。事件は起きた。僕は朝の講習を終え、部屋へと休息に向かった。部屋の前にたどり着きドアを開けると、そこには衝撃の姿が広がっていた。

パンツを脱ぎ1人で致しているぺろ愛男爵がいたのだ。

「きゃはははは」

まさに今、約束を破っている姿を目の前で見られた彼は笑うしかなかったのだろう。

「きゃはははははは」

僕も大笑いした。あの馬鹿げた約束から解放された自分への安堵か、目の前で友達が致していることに対する滑稽さか。蒸し暑い部屋で互いに爆笑し合った。


そして11日目。僕は約束を破った。もうあの約束は破られていたのだから、どうでも良かった。

僕がそのことを報告するとぺろ愛はめちゃくちゃ笑っていた。

その夜、僕らは自転車を走らせ海岸へと向かった。暑い夜だった。

僕らは自転車を止め、堤防に腰掛け、夜空を見上げた。

千倉はいつにも増して満天の星を広げてくれた。

一人暮らしについて

一人暮らしを始めてもう5年が過ぎた。大学生から今に至るまで一人暮らしをしている僕から、これから一人暮らしを始めるかもしれない君たちにアドバイスをしたい。

まず部屋のエアコンの有無を確認しよう。無ければすぐにでも買った方が良い。なぁなぁにしておくと夏に死ぬ。仮にエアコンが付いていていても「正常に動くか」をしっかり確認してくれ。動かなかったらすぐに管理会社に連絡しよう。僕は大学時代、エアコンが動かないことを知っているにもかかわらず、窓を開けて夏を乗り切ろうという狂気じみた試みをしたことがある。

そして8月、流石に死を覚悟した。暑すぎて外に出た方がよっぽど涼しかった。このままでは本当に死ぬかもと思い、管理会社に連絡した。すると悪魔の返答が返ってきた。

「修理まで2週間かかります」

それからの2週間は本当に地獄だった。二度と経験したくない。暑すぎて睡眠もろくに取れず、毎日微熱気味だった。ただちょっと良い思い出があったとするならば、この時の行為は汗にまみれて少しエロかったくらいだ。

エアコンが無ければ夏前に購入。壊れていたら夏前に管理会社に連絡するよう頼む。

ここまで「エアコン」というピンポイントすぎるアドバイスをしたが、他にも一人暮らしをする上でのアドバイスはたくさんある。

僕が身をもって感じたのは「風邪をひいたら面倒」ということ。実家で風邪をひいても親が助けてくれる。美味い飯も作ってくれるし、病院へも連れて行ってくれるだろう。なんてありがたい存在だったのだろう。

しかし一人暮らしはそうはいかない。熱が出てからでは何事も億劫でしんどい。それに実家みたいに助けてくれる人が身近にいない。だから最低限の飯と水分は備蓄しておくことをおすすめする。

ただ一人暮らしはメリットもたくさんある。ていうかメリットだらけだ。帰りが遅くても親にガミガミ言われることも無い。夜中に抜け出すことも誰も咎(とが)めない。他人に自分の生活スタイルを干渉されることがまず無い。一人暮らしは自由度がかなり高いのだ。

それに男なら、特に男子大学生なら、ラブホ代は結構な痛手だろう。だが一人暮らしなら無料で楽しめる。それにチェックアウトの時間も気にしなくていい。いわば自分専用のラブホを経営しているみたいなもんだ。

多くのメリットがある一人暮らしはおおいにおすすめだ。友達と宅飲みで楽しんだり、彼女とのおうちデートだったり……。これから一人暮らしをする人は、一人暮らしだからこそ作れる思い出をいっぱい作ってほしい。

みんな最高の一人暮らしを満喫してね！

タイ旅行記

2年ほど前、僕はタイ旅行に出かけた。これは僕が個人でYouTubeで運営しているラジオでも度々話しているから知っている人もいるだろう。だけどみんなに謝らないといけないことがある。ラジオでは「友達とタイに行った」と言っていたが、あれは嘘だ。実際は「彼女とタイに行った」が正解である。本当に申し訳ない。それを踏まえて話を進めよう。

当時の僕には彼女がいた。ひょんなことから2人は「そうだ！　タイに行こう！」となった。なんとなく「タイに行きタイ」という感情が2人に芽生えたのだ。

そしてタイに到着。うだるほど暑かった。そんな記憶がある。暑さ以外にもう1つ驚いたことがある。物価がめちゃくちゃ安い。もう安すぎて不安になるレベルで安い。僕と彼女はタイの「ルブア アット ステート タワー」というタイではかなり高級なホテルに宿泊した。素晴らしかった。僕の語彙力では到底言い表せないくらい素晴らしかった。「1泊一万円」。タイでこの値段は半端なく高いらしい。だけど僕たちからしたら「これで一万円は安すぎ」の感覚だった。おそらく読者のみんなもそう思うだろう。タイに行った際は是非泊まっていただきたい。3泊4日のタイ旅行。世界遺産を巡ったり、ゾウに乗ったり、トラに触ったり、タイ式マッサージを受けたり、タイ料理をいっぱい食べたり、最高に楽しい旅行だった。

しかし最終日。大事件が起きた。最終日の夜、僕たちは「あ、タイといえばニューハーフのショーやんな！　最終日やし観に行くかぁ〜」となった。これが大きな間違いとは気付かずに……。ここから先は少し18禁な話になるので18歳未満の方はここで回れ右をし、大人になってから読んでみてほしい。

2人はネットでニューハーフショーがどこでやっているのか色々調べた結果、タイの歓楽街である「パッポン通り」を目的地にすることにした。パッポン通りに到着すると、そこは完全にドープな異国の雰囲気だった。僕たちは少し不安ながらもニューハーフショーをやっている場所を探した。歩きながら色々探していると、背後から聞き慣れた日本語で声をかけられた。

「お兄さんたち、何探してるの？」

え？　日本語？　と、僕たちは久々の日本語に少しテンションが上がった。

「あ、いや〜ニューハーフのショーが観たくて〜」

「それなら僕案内できるよ」

僕たちは今までタイ語ばかりの環境下で会話も拙かったため、この日本語が流暢な男にまんまと心を許し、言われるがまま、その男に付いていった。

「ここ一杯２００円。ショーは無料」

最高やん。即決だった。今思い返すと、安すぎやろ流石に、と思うが当時の僕たちは感覚が麻痺してしまい疑うことなどするよしもなかった。

そのお店は「プ◯シーマジック」という卑猥な名をしたクラブみたいなところだった。僕たちが入店すると男はパッポン通りの夜に姿を消していった。

入店し、席に着くと僕たちは目を疑った。目の前にはニューハーフとは程遠いであろう60〜70歳くらいのおばちゃんがスッポンポンで踊っていたのだ。

なんじゃこりゃ。まぁワンドリ２００円やし、しゃーないか、と諦めおばちゃんたちのショーを軽く見て10分くらいで退出しようと2人で決めた。

ショーの内容も想像の遥か上をいっていた。全裸のおばちゃんが「女性器でタバコを吸う」だったりしていた。詳細は自主規制しておく。

そしてもう1人のおばちゃんは僕たちに卓球のラケットを渡してきた。何が始まるんだ？　と思ったら、そのおばちゃんが自分の女性器にピンポン玉を入れ、どういう原理か分からないが、すごい勢いで僕たちのテーブルにピンポン玉を飛ばしてくるのだ。僕はそれをラケットで打ち返しては場の空気も相まってなぜか爆笑していた。おそらく世界一低俗な遊びをしていただろう。そしてふと元カノの顔を見ると、ドン引き顔ランキング世界一の顔をしていた。あ、これはやばいと思い、店を出ようと彼女に伝えた。

そしてお会計。おばちゃんに請求された額がなんと「10万円」、ぼったくり店だった。僕が払えないと言うと、裏から恐い人が続々と出てきて「ジューマン、ジューマン、コ〇ス、コ〇ス」など矢継ぎ早に詰められた。僕たちは怖くなって財布の持ち金を全部払ってその場をなんとか逃げ切った。

最終日に最悪な出来事だった。だけど僕たちは逃げ切ったあと顔を見合わせて爆笑していた。

今でもタイと言えば「プ〇シーマジック」を真っ先に思い出す。

元カノもそうだと思う。

陰キャとか陽キャとか

ある心理学者はこう言った。

「人間は同一性を求めてやまない」

つまり人間というのは生まれつき「俺たち」と「あいつら」を区別するように仕組まれている。例えばみんなが毎日通っている学校なんかはその典型例だ。

「運動部」「文化部」「陰キャ」「陽キャ」等々。はっきりと目には見えないが、そのような集団に自然と分けられていないだろうか？

しかし、それは別に学校に限ったことではない。「既婚」「未婚」「子供あり」「子供なし」「正社員」「派遣」。あとジャニオタやYouTuberファンの界隈なんかにも「オキニ」「オキラ」といった謎の壁が存在している。

僕たち人間はその中で同一性のある集団に自然と属する。僕なんかは学生時代、自然と陰キャ側に属していた。その集団に自分を脅かす存在が現れると自然と「俺たち」を優先し「あいつら」を嫌う。陰キャは陽キャを苦手とするみたいな。

ここまで書いてなんだが僕は微塵も「人間を二極化するな」などとは思っていない。人間はそんなに甘くない。むしろそれぞれの良い所を理解して共存してほしい。

極論、ありのままの自分でいられたらそれで良いと思う。陰キャだからいじめる。未婚は差別する。オキラのくせにと悪口を言う。こんなダサいことはしないでおこうと思う。みんなもそうしてほしい。

おそらく今後も僕は無意識のうちに「俺たち」を優先して「あいつら」を敬遠してしまうことがあると思う。気をつけよう。

本人のことをあまり知ろうとせずに、そういう「集団」に属しているからといって敬遠するのではなく、1人の「人間」として判断しよう。

なんのために勉強してんの？

中学生、高校生なら一度は思ったことがあるだろう。

「なんのために勉強してんの？」

そう思うのも当然である。「こんな公式覚えても大人になったら使わんやろ」「化学式覚えたところで役に立つん？」「日本人なのに英語勉強する意味ある？」

各教科を満遍なく勉強していたらこれらの疑問が生じるだろう。僕もそう思っていた時期があった。

だが中高生に言いたい。

「将来、何をしたいかを見つけるために勉強をしている」と。

英語が好きならキャビンアテンダントや外資系の仕事が向いているだろう。数学が得意ならシステムエンジニアやプログラマー、化学が得意なら製薬業界や研究開発職が向いているだろう。

つまり自分がやりたいことを見つけるために勉強しているのだ。数学だけ勉強していても、英語だけ勉強していても、自分が何に向いているかを探すのは難しいだろう。各教科を満遍なく勉強することで、自分の得意不得意が見えてくるはずだ。

中高生には自分の得意な分野、好きな分野を見つけて、それを追求していただきたい。それは将来のためにだ。それが自分の中で明確に見えた時、なんのために勉強しているかという疑問は自然と消えていくだろう。

未来の日本を支えるのは君たちだ。勉強頑張ってね！

いじめについて

僕は中学時代いじめられていた。

前日まで仲の良かった友人に、翌日いつものように話しかけたら無視された。なぜ無視をするのかと聞いても答えてはもらえなかった。それから僕の周りの友人も続々と僕に話しかけなくなった。僕はなぜ無視をするのかを聞くのを諦めた。どうせ無視をされるからだ。毎日学校に行くのも憂鬱だったが、中には僕を無視しないイケてる奴らもいたので、イケてる奴らとつるむことにした。

僕はいじめられてから、無理にいじめっ子たちと話すことをやめた。仲直りなんてする気もなかった。まず、なぜいじめられたかも分かっていないし。

いじめられている人の中には無理にいじめっ子との仲をやり直そうと話しかける人もいるだろ

う。もちろん、君に明らかに非があるならそれで良いと思うが、そうでなく僕みたいに理由もよく分からないまま、いじめられていたらそんなことしなくていい。

イケてる奴らの方に逃げたらいい。とりあえずいじめなんかに向き合うな。逃げろ。思う存分いじめから逃げたらいい。1人で抱え込まず、親や先生に相談してみよう。それでも解決に向かわない場合もあるだろう。なら別のコミュニティを作ってみる、例えば塾や習い事など。とにかくいじめをする奴らなんかに真っ向から向き合わなくていい。

真っ向から向き合うことだけが強さではない。逃げるのにも勇気はいる。それも1つの強さだ。てかそんなイケてない奴らは僕たちが向き合うほどの価値なんてあるだろうか。自分を守りきることが最善だ。

ただ闇雲に逃げた後、間違えた方向には行かないでほしい。自分が思う正しい道に逃げよう。

大人とは自立

僕は現在23歳。世間一般で言う「大人」と言われる歳だろう。
そんな僕が大人になったと感じた瞬間を語っていく。これから、23歳の若造が調子に乗って語らせてもらうため、聞き流す程度に読んでいただけると嬉しい。

まず「大人」って何？

日本では20歳を迎えると大人の世界に仲間入りだ。ただ大人になったからといって急に考えが変わったりすることはない。成人式で派手に暴れたり、20、30になっても働かずに親のもとで養ってもらっている人たちを「大人」と呼べるだろうか。むしろそれって「子ども」じゃない？

大人を表す指標として一般的に年齢が使われることが多いが、実際は年齢なんてただの記号に過ぎない。

僕が思うに「大人」とは自立である。極論「親」がいなくても1人で生きていけるということである。今までは、ご飯を食べていけるのも、学校に行けるのも、家に住めるのも、全ては親が世話をしてくれていたからだ。

ただ「大人」というのはこれらを1人でこなさなければいけない。自分で住む場所を決めて、自分でご飯を食べていかなければならない。そのためには働いてお金を稼ぐ必要がある。

そして自分の力だけで生活できるようになった時、つまりは親の元から自立した瞬間、僕は「大人」になったと思う。

YouTubeを始めた当初はお金もなく、正直親に頼ったことも多々あった。だけど、今ではファンも増え、多くの人に応援してもらい、支えてもらったおかげで今の僕があり、僕の考える「大人」に近づけたと思う。

本当にありがとう。

ただ「自立」といっても、これは経済面での自立である。大人というのは自分の意志を持って、自分のやりたいことを見つけ、それを実践する。これもまた「自立」だと思う。

親にこう言われたからこうする。自分の意志とは反対に、親がしてほしいことを優先し実行する。経済的には自立できるかもしれないが、それは真の「自立」とは思えない。

「自分の人生は自分で決める」、そして経済的にも自立する。それができた時、本当の意味での「自立」ができたと言えるだろう。

読者に言いたい。一度きりの人生だから自分のために、自分の人生を精一杯生きてほしい。そのために自立し、格好良く自分の人生を展開してほしい。

2

part 2

忘れられない恋に「ありがとう」

追うか追われるか

第2章スタート。この章では僕の恋愛について語っていく。
「恋バナ」ってやつっすね。

恋愛において「追うか」「追われるか」。この2択は人によってそれぞれだろう。
ちなみに僕は「追う派」だ。

僕は追われているより、追っている方が恋愛を「楽しい」と感じる。追われている時はもうすでに自分のことが「好き」と分かっている状態のため「安心感」はあるが「スリル」を感じない。
恋愛にスリルとかいる？　と感じる人も、もちろんいるだろうが、僕は相手が自分をどう思うのだろう？　と考えを巡らせながら相手側の一挙一動にドキドキしたい。スリルというよりかは「ドキドキ」の方が正しいだろう。

例えば、居酒屋で好きな子から「これ飲んでみて」と言われ、お酒を貰うとする。相手からしたら何も考えず、「ただ味見をしてほしい」という感情だけでくれたのかもしれないが、僕にとっては「え、ちょ、おま、間接キスやん、俺のこと意識してるやん」となるくらい童貞スキルを発揮する。僕はこんなドキドキが好きだ。

好きな子が僕に笑顔で楽しそうに話してくれる、一緒に並んで歩く、そんな些細なことで僕はすごくドキドキする。相手は今この瞬間何を思っているのだろうと知りたくなる。

しかし追われている場合は、女の子の言動行動に「僕のことが好きだから」と理由付けされ、ドキドキセンサーが働かなくなってしまう。

補足させていただくと、ただ「追う派」と言っても、好きな女の子に対して薄々「俺のこと好きなんじゃゃね〜」と感じ始めた状況下での「追う恋愛」が好きだ。お互いが探り合っている時間が最高に楽しい。

わがままでごめんなさい。

初めての彼女

僕に初めての彼女ができたのは中学2年生の頃だ。といっても中学でできた彼女は「彼女」と呼ぶにはおこがましいほどの付き合いしかしなかった。登下校を一緒にするだけみたいな（笑）。中学生の恋愛ってそんなもんじゃないのかな。知らんけど。

僕は「初めて大恋愛をした」と思える女の子を「初めての彼女」と言いたい。言わせてくれ。それを踏まえた上で話を進めよう。

初めての彼女は大学生の頃にできた。僕が人生で初めて告白した女の子だった。2年半ほど付き合ったが、彼女のことが本当に好きだったし、彼女が好きな自分のことも好きだった。この章では彼女の話をすることが多いだろうから、彼女のことを「Sちゃん」と呼ぶ。

Sちゃんとの出会いは僕の友達の紹介だった。初めてSちゃんと会った日はこぢんまりとした少しお高めな蕎麦屋さんに食事に行った。それ以来、毎年その日はそこの蕎麦屋さんで食事するという蕎麦記念日が2人にできた。今となってはもう一緒に行けないけど。

そしてSちゃんと2回目のデート。映画を観に行った。それから神戸の夜景を2人で眺めた。その後、銭湯に行って解散した。この時、僕はもうSちゃんのことが好きだった。次会ったら絶対に告白しようと思っていた。3回目のデートが告白にベストだって聞いてたし。

そして3回目のデート。告白決行日だ。僕たちは奈良に行った。奈良駅の「せんとくん」の前でSちゃんの写真を初めて撮った。少し恥ずかしがりながらも、こっちを向いて笑ってくれたSちゃんが最高に可愛かった。それから2人でご飯を食べて、奈良をブラブラ散策した。気付くと日は沈んでいて、告白の時間がじわじわ迫ってきていた。

今まで告白をしたことがなかった僕は「夜景で告白をしたら成功する」という謎ジンクスを持っており、それに従おうと若草山の夜景を観に行くことを提案した。Sちゃんは僕の誘いに快くノッてくれた。そして若草山に到着。奈良の夜景を一望できる「告白スポット」であることには間違いなかった。僕は何気ない会話をしては、告白のタイミングを窺(うかが)っていた。いざ告白となるところまで緊張するのかと。告白という行為を行ってきた男たちに感心を覚えるほどだった。

そして2人に長い沈黙ができた。「今だ！　俺！　告白の時だ！」

僕は重い口を開いた。

「じゃ帰るか」

クッソ〜〜〜〜〜。僕はなんてチキン野郎なんだ。最高の夜景を前に、「3回目のデート」というオプション付きにもかかわらず、付き合う提案ではなく、帰宅を提案するという情けない男にまで成り下がっていた。後日、Sちゃんにこの時のことをどう思ったか聞くと、「私は辰巳くん（僕の本名）のこと好きだったけど、ここで告白されへんかったから諦めようと思った」と言っていた。そうだ。誰が見ても告白ポイントは若草山だった。

そのあと2人は電車に揺られながら、お互いの最寄駅へと向かった。2人は阪急淡路駅で本当のお別れだ。そこで別々の電車に乗り換えなければならない。僕らは、しばらくして阪急淡路駅に到着してしまった。Sちゃんは言った。

「じゃあね」

僕はその一言を聞いた時、本能的に言葉を返した。

「ちょっと待って」

それは考えて言った言葉ではなく、咄嗟に吐いた言葉だった。

気付くと、僕はSちゃんの腕をつかんでいた。もうその時に答えは出ていた。これがラストチャンスだ。

「どうしたん？」

時刻は0時。Sちゃんはあと2分後の電車に乗らないと終電を逃してしまう。終電を知らせる駅のアナウンスさえ僕に告白を急かしているように聞こえた。

「Sちゃんのことが好きです。付き合ってください」

僕は人に初めて告白した。それも超ド真ん中ストレートな告白をした。僕にはその球種しか投げられないから仕方ない。

「はい」

Sちゃんも超ド真ん中ストレートな球を返してきた。Sちゃんは笑っていた。僕にはその笑顔が嬉しそうに見えた。好きだと思った。

「今日からよろしく」

「よろしくね」

そして僕はSちゃんにキスした。Sちゃんは少し恥ずかしがりながら、こっちを向いて笑ってくれた。


それからお互い終電で帰宅した。その日、僕らは栄えある「カップル」となった。

2人で旅行して、2人でドライブして、2人でご飯食べて、2人で映画観て、2人で寝て起きて……何をするにも「2人で」がとても多かった。僕らは「ごめん」も「ありがとう」も「すき」も星の数ほど言い合っては仲を深め合った。僕とSちゃんの過ごした「2年半」は本当に大切でかけがえのない時間だった。


別れてから久々にSちゃんに連絡をした。今執筆しているこの書籍についてだ。

Sちゃんのことを勝手に書いたら嫌かなと、嫌と言われたら書くのはやめようと思い連絡した。

「Sちゃんのこと本に書いていい？」

「それはあなたが決めることでしょ？」

あぁそうか。やっぱり僕の彼女はSちゃんで良かったと思った。

もしSちゃんが今読んでくれていたら伝えたい。

「本当にありがとう、そしてごめんね、だいすきでした」


こんなクサいことさえ言えちゃうほど、本気で好きだった。どうか今も幸せであってほしい。

僕はいつでもSちゃんの味方だ。

別れたあと友達に戻れる？

カップルには別れたあとも「友達」として関係が続く人たちもいるだろう。しかし僕にはそれが理解できない。これはあくまで僕の場合だが、「彼女」にしたい人を初めから「友達」として見ないからだ。雰囲気や会話のテンポ感など、ファーストコンタクトでその子の見え方が変わってくる。Sちゃんと出会った時からSちゃんを友達ではなく「気になる異性」として見ていた。

元々が「友達」からのスタートじゃなかったのに、別れて「友達」に戻れるはずがない。といっても真剣にお付き合いしたのはSちゃんくらいだから、こんなことを言えるわけで。

仮にSちゃんと友達になったとして、2人でお酒を飲んで、友達みたいに最近の話をする。もちろんその話には「最近の恋愛事情」や「最近の性事情」等も含まれることになるだろう。だって2人は「友達」だから。みんなも友達には面白おかしく話すでしょ。

でも僕にはそれが耐えられない。やっぱり心のどこかで「さみしい」と感じてしまう。友達だったらそんなこと思うだろうか。おそらく思わないだろう。もし思ってもそれは友達ではなく「友達以上恋人未満」である場合が多いだろう。

結局、友達は友達で元彼女は元彼女でありカテゴリーは全くの別物なのだ。友達には抱かない感情を元彼女には必ず抱いてしまう。

ましてや新しくできた恋人が、元恋人は「友達」だからといって会っていたらどう思うだろうか。僕は絶対に嫌だ。「友達兼元恋人」は成り立つはずがないのだ。

僕は自分の気持ちを押し殺して無理して友達に戻ろうとしなくていいと思う。

フった方も泣く

え？　どういうこと？　振られた方が泣くのは分かるけど振った方が泣くのは意味分からんねやけど。振って泣くって「おまえ悲劇のヒロイン気取りか？」

僕も人を振る前まではこの考えだった。だがSちゃんを振った時、僕の頬には溢れんばかりの涙がつたっていた。罪悪感だったと思う。Sちゃんはまだ僕のことが好きなのに僕は別れを告げた。僕は当時、心を鬼にして冷徹な態度をとった。

Sちゃんのひどく傷ついた顔を見るのが辛くて本当に罪悪感で押しつぶされそうだった。それに「2年半」という期間で湧いた情もあったからだ。そう、情。

「愛情」から「情」に変わってしまった自分への失望、もう一度愛情に戻したくても戻せないジレンマ、2年半本当に楽しかった思い出の数々を、でもやっぱり楽しいだけじゃダメなんだという気持ちが入り混じって、気付くと僕も泣いていた。

別れ話をしていると、なぜか楽しかった思い出が走馬灯のように脳内を駆け巡っていく。誕生日をお祝いし合ったり、朝まで飲んだり、2人で自転車旅行に出かけたり。同時に、もうあの頃には戻れないとも思う。もちろん振られた側の方が何千倍、何万倍も辛いのは分かっている。ただ振った方も辛いというのを心のどこかに留めておいてほしい。こんな都合良いことを言って申し訳ない。

カップルが破局したら、周りからこんな慰めの言葉をよく耳にするだろう。

「星の数ほど女（男）はおるんやから、切り替えよ？」

たしかに星の数ほど男も女もいる。だけど「大切でかけがえのない思い出」を共にした人は世界で1人しかいないのだ。あの時間の幸せを知っているのは2人だけなんだ。そんな簡単に切り替えられるわけがない。

僕は大切でかけがえのない思い出を共にしてくれた人を最後まで大切にすることができなかった。僕はフったのに泣いた。

女の子のタイプ

好きな女の子のタイプは人それぞれあるだろう。「かわいい」「優しい」「スタイルがいい」「綺麗」「素直」「上品」「明るい」「気配りができる」

でもこの本でこんなありきたりなこと言っても面白くないよね。「僕の好きなタイプは可愛くて美人で優しい子です」、こんなの全員が好きですから。

だからここではちょっとマニアックな「女の子の好きなタイプ」を紹介していきたいと思う。

まず1つ目。「お会計の時に財布を出してくれる女の子」だ。ただ別に払わなくてもいい。財布を出して「私もお金払うよ」という意志さえ見せてくれたら僕は十分だ。それだけで誠実さが感じられて、ちょっとキュンキュンする。

続いて2つ目。ビールを美味しそうに飲む子だ。女の子でカルーアミルクやカシオレ、ファジーネーブルを飲むより、ずっとビールを飲み続けている女の子の方が好感を持てる。ビール飲む女の子ってなんとなく好きだ。まじなんとなく。まぁ好きなお酒飲めば良いんですけどね。

続いて3つ目。映画を観終わった後、映画の登場人物の真似をする子だ。例えば『スパイダーマン』を観終わったら、スパイダーマンのセリフや動きを真似する、『TENET テネット』を観終わったら後ろ向きに歩き始める等々。

僕も映画を観終わったら映画の登場人物の真似をする。それに女の子もノってくれたらキュンキュンする。そんな女の子が可愛いと思う。

正直女の子のタイプなんて挙げ出したらキリがないため、ここで最後にしよう。最後は「大人数では静かなのに、僕と2人になった時はめちゃくちゃ話してくれる女の子」だ。僕はこんな女の子を前にすると「俺にだけめっちゃ心開いてくれてるやん！　かわいい！」となって超キュンキュンする。守ってあげたくなる。

ここまで好きなタイプを述べたが、結局は「好きになった人がタイプ」が1番真理に近いのかもしれない。

遠距離恋愛はアリかナシか

え？　遠距離恋愛はアリかナシかって何？　好きならアリに決まってんだろバカヤロォ！　が僕の本音である。

恋愛に距離なんて関係ない。おまえの恋は距離に負ける程度なのか？

僕も遠距離恋愛を経験したことがある。正直とても辛かった。だって間違いなく会える頻度は減るし、不安は増すしで、寂しい夜が毎日続く。遠距離恋愛の良いところってぶっちゃけ言うと綺麗事が多いし。「離れてこそお互いの大切さが分かった」「1人の時間が増えた」とか。

これって遠距離じゃなくても気付けるし、作れる。僕からしたら遠距離恋愛なんてデメリットだらけだと思う。大嫌いだ。経験したからこそ言える。だけど本当に相手のことが好きなら遠距離になったとしても受け入れる覚悟はある。２人で遠距離をどう乗り越えるかを一緒に考える努力をする。

今遠距離恋愛をしている人たち、これから遠距離になる可能性がある人たちに向けて僕が実践して良かったことをアドバイスしよう。

はじめに、毎日連絡は取ろう。当たり前すぎて面白みのないアドバイスだが、これが一番大事だ。おはよう、おやすみとかの些細な挨拶でも良い。大事なのはこのやり取りを「習慣化」すること。遠距離において大事なのは習慣化だ。

続いて、定期的に会うこと。距離にもよるが、可能なら月に一回は会いに行こう。毎月交代で会いに行ったらそれが習慣化して、その月はお互いが頑張れる理由になる。

そして会った時は死ぬほど喜ぼう。犬くらい喜ぼう。恋人が「分かった、分かった」となだめるくらい喜ぼう。愛情表現を積極的にしよう。

僕はこれを実践したおかげで2人の関係を保つことができた。みんなも距離なんかに負けないで恋愛を楽しんでね。

初めてのラブホテル

僕が初めてラブホテルに行ったのは大学1年生の頃だ。ただ相手の女の子に「初めてラブホに来た男」と思われるのが恥ずかしくて「何回かラブホに行ったことがある男」として振舞うことにした。この時点で思考はかなり童貞である。

その夜、女の子と良い雰囲気になった僕は自然にラブホへと足を運ばせた。第一段階クリアだ。この時点では女の子も「何回かラブホに行ったことがある男」として僕を見ていたに違いない。

そして男の夢へと続く自動扉は開いた。僕は「これがラブホか」と感心していたが、そんな表情は一切見せず、華麗な足取りでホテルの中へ入って行った。入るなりたくさんの部屋のパネルが壁一面に貼ってあった。

「へぇ〜どこにしよっかな〜」

僕は余裕の表情を浮かべ、なんとなく目に入った３０２号室へと女の子をエスコートした。

そしていざ３０２号室の前へ。夢の扉よ開け！

「あれ、鍵閉まってるやん、フロントまで鍵取りに行くかぁ」

そうだ、そうだ。男には冷静さが必要だ。鍵が開かなかったくらいで焦っては「初めてラブホに来た」ということがバレてしまうじゃないか。僕は女の子を連れてフロントへと向かった。

「すいませ〜ん」

フロントが無人だったため僕は奥まで聞こえるくらいには声をかけた。もう必死だった。しかし誰も出てこなかったため、僕は少し焦りの表情を浮かべた。

「いやぁ、鍵無いと部屋入られへんもんなぁ」

そして女の子の一言で、僕は一瞬にして「初めてラブホに来た男」として見られることとなった。

「辰巳くん、パネルの３０２号室のボタン押したら部屋の鍵開くよ」

え？　ボタン？　僕の頭の中は真っ白になった。恥ずかしい、ただただ恥ずかしい、僕は苦し紛れに返答した。

「あ～ボタンか、ここはフロントで鍵貰うパターンちゃうんやぁ」

ラブホにも様々なタイプがある。しかし僕は余裕がなくて「パネルのボタンを押すタイプ」なのに気付かなかった。そして女の子は僕を３０２号室まで連れて行ってくれた。女の子は少し苦笑いをしていた気がする。

３０２の点滅がやけに腹立たしかった。

Kちゃん

これはたったの半年にも満たない春から夏にかけての出来事である。僕は桜が満開だった4月、ある女の子と出会った。その子は話すのがとても上手で、一緒にいると会話が弾む女の子だった。

名前はKちゃんといった。

僕は一人暮らしをしていた。お金も無く、ご飯もろくに食べられず、朝昼晩と「サトウのごはん」をレンチンして納豆をかけ、「納豆ごはん」を主食に生活していた。たまにシリアルを食べてはデザート気分を味わっていた。学生って基本こんな生活じゃないかな。

「私が養ってあげよっか？」

ある日突然、Kちゃんは僕にそう言った。

「へ？」

僕は間の抜けた声でそう答えた。

それからKちゃんは僕の家に3～4日ほど泊まる生活が続いた。僕は別に嫌な気はしなかったし、何の不自由もなかった。ご飯や生活用品は基本的にKちゃんが出してくれるし、家賃も払ってくれた。当時、友達とコピバンをしていたが、スタジオ代やライブ代も出してくれた。俗に言う「ヒモ」みたいな……情けなさもあったが、この生活に甘えていたし、心地良さの方が上回っていた。

僕が夜にバイトから帰ってくると、Kちゃんは家を出て行った。社会人なら3日も4日も僕の家に泊まれる訳がないし、学生だったら、なぜそんなにお金を持っているのかも疑問だった。僕は彼女が普段何をしているのだろうかと常々思っていた。ある日、僕はKちゃんに切り出してみた。

「Kちゃんは普段何してるん？」

「キャバクラ～」

Kちゃんは僕にそう言った。別に隠すつもりも無かったが、特段言う必要も無かったかのように思えた返事だった。

「そっか～、大変？」

「別に～」

僕は直感的にこの話題は良くないと思って、話を変えた。

「セブンにアイス買いに行こ〜」

「やった〜白くまのアイスが良い〜」

Kちゃんは決まって白くまのアイスを食べていた。その後ろ姿が少し可愛かった。

それからというもの、Kちゃんが晩ご飯を奢る代わりに、アイスやジュースを僕が奢るという関係がしばらく続いた。

ただいまで帰宅して僕は寝る。おかえりで支度してKちゃんは出て行く。僕はそんな日常に満足していた。


付き合ってはいなかったが、なんとなく僕はKちゃんが好きだった。なんとなくだけど、なんとなく。染まりたくはないけど、側にはいたいなぁみたいな。うわ、クサいこと言うなよ。

「あのさぁ早くエアコン直してくんない？」

そんな文句を言いながら、僕のダサい林檎のTシャツを着て、機嫌良さそうに白くまのアイスを頬張っていた。なんでもない日常に髪の毛を落として、変わらない日常にシャンプーだけ変えて、こんな日が続くと思っていた。

ふと思い返すとKちゃんは僕に対して「好意がある」と受けとれる態度を一切見せてはくれなかった。Kちゃんからしたら僕はただの「セフレ」だったのかもしれない。僕もKちゃんからそれを薄々感じていたから「好き」なんて言うことはなかった。もし言えばこの関係が終わるような気さえしていた。

それから月日は流れた。僕はKちゃんと初めて喧嘩した。Kちゃんはそれ以降、僕の家に来なくなった。ベッドのシミは日に日に薄くなっていった。

僕はずっと仲直りをしたかった。このまま終わりたくはないと思ってKちゃんに電話した。Kちゃんと久々に会えることになった。僕は家の鍵を回してからKちゃんを駅前まで迎えに行った。

「久しぶり〜！」

Kちゃんは満面の笑みを浮かべていた。僕はその笑顔に一安心し、家まで「暑いね〜」なんて他愛もない話をしながら歩いた。

僕らはベッドで横になった。Kちゃんは隣で写真を見返していた。僕は仲直りがしたかったからラフな感じで喋りかけた。

「見せてや〜」

僕はKちゃんの携帯の写真を覗き込んだ。そこには僕の寝顔があった。僕の寝顔とのツーショットもあった。僕がご飯食べている後ろ姿や洗い物している姿、歯を磨いている姿……。

Kちゃんは僕と出会ってからずっと、僕のことを隠し撮りしていた。僕は訳の分からない感情になった。Kちゃんは僕のことが好きなのだろうか。その日、Kちゃんは僕の家に泊まった。

次の日、Kちゃんがまだ寝ていたため、起こさないようにバイトに向かった。僕はバイトの帰り道にセブンに寄って、白くまのアイスを箱で買った。ただいまで玄関を開けたらKちゃんの姿は無かった。机にはまたねと書いた置き手紙があった。それと3千円が置いてあった。最後までKちゃんはKちゃんで僕は僕だった。

ただいまで帰宅して僕は寝る。おかえりは帰り道に落としてしまった。

気になる距離感の友達

大学の入学式を終えた翌日、学部説明会の予定があった僕は「大学生になった喜び」と「これから待ち受ける理想の大学生活」に胸を躍らせながら大学に向かっていた。学部側から指定された教室に到着すると、そこにはこれから4年間を共にする男女が溢れていて高揚したのを覚えている。僕はとりあえず空いている席に座った。それから数分後、教授が教室に入ってくるなりマイクを片手に話し始めた。

「新入生の皆さん、これから4年間を〜〜〜」

教授のつまらない話を長々と聞くのに飽きた僕は、新入生の皆がどんな感じなのか観察することにした。すでに友達がいて談笑をしている人、居眠りをしている人、真面目に話を聞いている人、携帯を触っている人等々、様々な学生たちが混合していた。

ふと右斜め前の席に目をやると、綺麗でかわいらしい女の子が一人で真面目に教授の話を聞いていた。僕はその時、一目惚れに近いような、そんな感覚に襲われた。かわいいなぁと見惚れていると、いつの間にか説明会は終わっていて、生徒たちはゾロゾロと教室から退室し始めていた。僕もその波に流されるように退出し、そそくさと帰宅することにした。通学路の坂を下っていると、数分前まで見惚れていた女の子が少し前を歩いていた。僕はこの時何を思ったのかその女の子に声をかけることにした。


「〇〇学部ですよね？」

「え？」

「あ～いやさっき説明会のところにおったから。僕も〇〇学部なんですよ」

「あ、そうなんですね」


確かこんな感じの会話をした気がする。今思うと普通に気持ちが悪いが、僕は頑張って話を続け女の子のLINEをゲットする偉業を成し遂げた。僕はこの時、初めて「大学の友達」ができた。名前はIちゃんといった。Iちゃんも初めての「大学の友達」が僕になってしまった。

それからのＩちゃんとの関係は、ごくたまに一緒に講義を受けたり、ご飯を食べたりする程度の仲だった。LINEはするけど、お互い大学に友達ができたこともあり、男女の恥ずかしさなのかは分からないが、大学内ではあまり喋る機会がなかった。ただ一つ僕はＩちゃんのことが好きだった。

そんな関係がしばらく続き、大学1年の7月、僕とＩちゃんは地元が近いのもあって夜２人で会うことになった。僕はこの日にＩちゃんに告白しようと思った。当日、僕は自転車でＩちゃんの地元まで会いに行った。合流してからは、２人で他愛もない話をしながら散歩をしたり、公園のベンチに座って話したりした。そして何故か僕らは真夜中に生駒山を登山することになった。山頂付近に着くと目の前には絶景が広がっていた。僕は告白するなら今だ今だと思いながらも結局はただＩちゃんと夜景を眺めて、なんでもない話をするだけに終わってしまった。その後Ｉちゃんは僕の地元近くまで見送ってくれたにもかかわらず、何も言えず帰ってしまった。

ただそれからもＩちゃんとは連絡は続いた。そして月日は流れ、12月のクリスマス当日に僕とＩちゃんは会う約束をした。当日は難波まで２人でイルミネーションを見に行った。僕らは傍から見たらどう考えてもカップルだっただろう。ただこの時も僕は告白をせず、というよりかは、することに踏み出せずに終わってしまった。おそらくIちゃんは前回同様告白を待っていたと思う。連絡の感じも、会っている時の感触も、なんとなく僕に好意があるように思えた。

Iちゃんからも「私告白待ってますよ感」はひしひしと感じられたのに僕は一向に踏み出せずにいた。お互いもどかしい感じが続き、結局Iちゃんには彼氏ができた。そして僕にも彼女ができて、お互い連絡をとる回数も徐々に減っていった。Iちゃんが彼氏と別れた後、僕に何度か連絡をしてくれたが、1度だけ返して、あとは既読だけして終わらせるといった感じであまり相手をしなかった。

大学生活の4年間Iちゃんとはずっと「友達」のまま時は流れていった。僕も1年生の頃は好きだったけど徐々に友達としてIちゃんと接するようになった。そして僕の大学生活最後の講義、僕はIちゃんと2人で一緒に講義を受けた。Iちゃんと2人で講義を受けたのは実に3年ぶりくらいだっただろう。初めて大学でできた友達と大学生活最後の講義を一緒に受けられたのは素直に嬉しかったが、何かこう寂しいような、切ないようなそんな感情に見舞われた。

先日、最後の講義以来にIちゃんと会う機会があった。飲みに行くでもなく、目的がある訳でもなく、こんなことがあって〜とかあの時はこうで〜なんて話をしながら2時間2人で散歩をした。僕はこの時も「あの頃は好きだった」とIちゃんに伝えることもなかった。Iちゃんもあの頃僕のことをどう思っていたかは話さなかった。

結局は一度もIちゃんに直接好きだったと伝えることもなく、自分の本の中で初めてIちゃんに向けて「好きだった」としか伝えることができなかった。ただ今ではこの距離感も愛しいと思える。

大学生は恋愛しよう

大学生には恋愛をたくさんしてほしい。一部を除くと大学って一年の半分程度、休みだと思う。つまり時間に余裕がある。この休みの間に彼氏彼女がいたら充実度は言わなくても分かるだろう。それに大学生は出会いの場が圧倒的に多い。サークル、飲み会、バイト、ゼミ……基本的にいつでも恋愛ができる状況下にある。こんな「恋愛最適期間」に恋愛をしない方が勿体無い。

しかし大学では思うように恋愛ができなくて、社会人になってからしようと思った場合、これが中々難しい。

まず1つに社会人は大学生と比べると、圧倒的に時間に余裕が無い。大学生みたいに自由な時間が少なく、基本的に仕事が中心の生活になり、恋愛にかける時間が無くなってしまう。この状況下で恋愛をしようとするのは難しいだろう。

続いて、単純に出会いが少ない。社会人になると仕事が終わると帰宅して寝る。休日は日々の疲れを癒すため家でゲームやYouTubeなど観てゆっくりする。おそらくこんな感じだろう。出会いが少ないというのもあるが「出会いの場に行くエネルギーさえもないことが多い」の方が正解だろう。

最後に、「好き」という感情だけで付き合ってくれる人はほぼいない。学生時代、付き合う人を「年収」「学歴」等のステータスを重視して付き合うだろうか。まぁ無いだろう。やっぱり「かっこいいから」「かわいいから」「オシャレだから」「優しいから」等の理由で付き合うことの方が多いだろう。そして「好き」と言う感情だけで意外とやっていける。

しかし、社会人は「好き」だけではうまくいかない。付き合う人には「年収」「学歴」を重視する人が多い。それは将来のためにも仕方のないことだ。

これらの理由から大学生は恋愛をたくさんしてほしい。まぁ大学生に限らず、中高生も。今ある時間って社会人になったら本当になくなってしまうから。今ある時間を有効に活用してほしい。「社会人」を経験したことの無い僕からのアドバイスでした。

色んな女の子と遊びたい

分かる。めっちゃ分かる。男なら、色んな女の子と遊んでみたいはずだ。少なくとも僕はそうだ。ただこんな意見もあるだろう。

「色んな女の子と遊ぶ男より、1人の女性を一途に愛する男が一番かっこいい」

分かる。おおいに分かる。でも将来1人の女性を一途に愛するためにも「女遊び」は大切だと思う。ここからは「女遊び」を特にしたわけでもない僕が、女遊びをすべき点を偏見で述べていこう。批判は受け止めるつもりだ。

まず、複数の女の子と遊ぶことで、女の子はこうしたら喜ぶのか、これは嫌がるのか、案外これはウケるんだ等々、女の子の趣味嗜好が見えてくるはずだ。いざ好きな人ができた場合でも今まで遊んだ経験を好きな人におおいに活かせられるはずだ。女遊びの「遊び」はもはや「経験」と呼んだ方が良いだろう。

さらに女遊びをすることで自分に自信がつく。「俺って意外と女の子にモテるやん」状態に突入する。このモードに突入すると、美人な女の子にもアタックすることを怯まない強靭なメンタルが養われる。しかし、女遊びをしてこなかった場合、「俺なんて見向きもされないよ〜」となってアタックすることをやめてしまう。

また女遊びをし続けていくうちに上手に「線引き」ができる。色々な女の子にアタックしては失敗を繰り返すうちに「あ、この子は無理かも」という能力が自然と得られる。しかし女遊びをしていないと上手く線引きができず、変に攻めすぎてしまう。女の子が嫌がっているのに気付かず、最悪の状況が生まれてしまう。

そして「女遊び」をすることで「自分に合った女の子」を見極めることができる。あとはその子を自分の彼女にするだけだ。一通り女遊びをした後では「もっといい女の子がいたのでは」と思うこともないだろう。そして一途に愛そう。今まで女の子と遊んできた分、１人の女性を愛す魅力にも気付けるはずだ。女性の皆さん、僕宛にＤＭお待ちしております。

3

part 3

友情という青春の証

メンバーとの出会い

僕は現在、男5人組でYouTube活動をしている。彼らとの出会いがなければ今の僕はいない。そんな最低で最高な彼らとの出会いをここに記していく。

まずは「どば師匠」。レイクレのリーダーだ。彼との出会いは高校1年生の時。隣のクラスにめちゃくちゃ面白い奴がいるという噂を聞いていたが、それが「どば師匠」であるとは僕はまだ知らなかった。

いつも通りの昼休み。友達（これ以降はUと呼ぶ）が僕に耳打ちしてきた。

「辰巳、今日は食堂でご飯食べよな、スペシャルゲスト呼んでるから」

しかし僕は何も驚かなかった。なぜならUが呼ぶスペシャルゲストは決まって小川（後のぺろ愛男爵）だったからだ。

「もうええって、どーせ小川やん」

「いや、今日は小川ちゃうで、まじのスペゲス」

僕は少し驚いた。小川じゃないとなると、スペゲスはもう誰か見当がつかない。

「小川じゃなかったら誰やねん」

「まぁ楽しみにしとけって」

僕はUに連れられるようにして食堂まで足を運んだ。

「うぇーい、U、一緒に飯食おうぜ~」

食堂に到着するなり僕の見知らぬ顔ぶれが5人ほどいた。彼らは俗に言う「陽キャ」のオーラがプンプンしていた。

「辰巳~今日はこいつらと飯やから」

初対面には緊張してしまう僕だが、不思議とその場は緊張しなかったのを覚えている。

そして僕は初対面の男たちとテーブルを囲んだ。しかし、その中で1人だけ異彩を放つ男がいた。なぜならその男はどういうわけか上裸で乳首にうどんを押し当てていたのだ。

「俺なぁ乳首からうどん食べれんねん」

こいつアホや、なに言ってんねん。僕の頭には無数の?が浮かんだ。それと同時に僕はその男に興味が湧いてきた。

「うどんって乳首から食べれるもんなん？」

今思うと、僕も何を言っているのか分からないけど、自然と彼に乗せられていた。

「まぁ今から見とけって」

その男は上裸でコミカルな動きをしながら乳首をうどんに押し当てていて、その姿があまりにも滑稽なので僕はいつのまにか笑っていた。

「ツッチー！　ツッチー！　ツッチー！　ツッチー！」

ツッチーとはどば師匠の当時の愛称である。

周りの男たちもツッチー音頭を取りながら、その場はかなりの盛り上がりを見せた。もちろん、乳首からうどんを食べることは一切できていない。


そうか、こいつが隣のクラスのめちゃめちゃ面白い奴か、と僕は確信した。

「ツッチーっていうんや、よろしく」

「おぉ！　よろしくな！」

その男は昼休み、食事をとるより「笑い」をとっていた。これが後のレイクレのリーダー「どば師匠」との出会いである。

続いて「たかし」。たかしとは高校が一緒にもかかわらず、高校時代は一度も喋ったことがなかった。しかし、家が一駅違いで帰り道によく目撃していたため存在は知っている程度。電車で同じ車両にたかしが乗っているとお互い存在だけは認識している「なんか気まずい奴」というイメージだった。

そんなイメージをたかしには抱いたまま、僕は高校を卒業し、もう今後、彼には会うことはないだろうと思っていた。

しかし、思いがけないところでたかしと再会することになった。

ある日、会わせたい男がいるとのことで、すでに親友レベルまでになっていたどば師匠から連絡が入った。YouTubeを始めるメンバーにたかしを入れたいというのだ。

そして僕はどば師匠の紹介で初めて、声すら知らないたかしと言葉を交わすことになった。この時の僕はたかしに対して「得体の知れないちっさいメガネ」という見た目の印象が強かった。

「よろしく……」

「お、おう」

やっぱりなんか気まずかった。ただ話すと会話のテンポ感が合うし、急にボケたりする彼に「こいつはとんでもなく面白い奴なんじゃないか」と僕の中で何かの勘が働いた。今のたかしの活躍ぶりを見ると僕の感覚は間違いではなかったと思うんじゃないか。

たかしとは少し気まずい関係のまま月日は流れていった。そして僕の誕生日の日。どば師匠とたかしは僕の地元までわざわざ祝いに来てくれた。その時、まだ気まずかった関係の僕を祝いに来てくれた、そんなたかしの優しさに感動した。ただ今思えば、たかしとは一駅違いのため僕の地元まで5分足らずで来れるやんと、これを書きながら気付いてしまった。

一通り誕生日を祝ってくれた後、僕ら3人は松屋に行った。朝まで大学の話や恋愛の話などをしてそこでダベっていた。するとたかしはテーブルに肘をつきながらこんなことを言い始めた。

「てっちゃ〜ん、俺めっちゃ有名になりたいんよなぁ、俺らやったら100万人いけると思うねんなぁ」

僕は松屋の牛丼を食べながら、たかしの夢物語を聞いていた。それが今現実になったのは間違いなくたかしの力無くしてはなし得なかったはずだ。彼は意外と野心家なのを僕は知っている。

今、僕の目の前には背の低い眼鏡をかけた「めちゃめちゃ気の合う奴」が座っている。また松屋の牛丼を食べながら朝まで夢を語りたい。

次に「ともやん」。彼との出会いは他の3人と違って少し特殊だ。ともやんを除く4人で当初はYouTubeをしていた。【TUBEテロリスト】という如何にも売れなさそうなグループ名で僕らは活動していた。

TUBEテロリストの登録者がまだ100人にも満たない頃、ともやんからどば師匠に「一緒にYouTubeしようぜ」という内容のメッセージを送っていた。僕は「ともやん」という男の行動力に驚きつつ内心ちょっと引いていた。急に見ず知らずの男たちにYouTubeやろうぜと言えちゃう人間は普通にやばい、と思っていた。

何回かどば師匠がDMでやり取りをしていると、彼（嶋津と名乗る人物）に「守口市」までメンバー全員連れて来いと呼び出された。僕らが守口に着くと、すごい勢いで走ってくる車2台が目の前に止まりイカしていた。

「え、ともきとYouTube始める子ら～？」

窓を開けるなり厳つい男が僕らに話しかけてきた。僕はこの時点で関わりたくないセンサーが働き、一刻も早く帰る方法を考え出していた。

「まぁ乗りーな」

僕らは車に乗った。中には似たような厳つい男が3人。傍から見たら僕ら4人がヤンキーに拉致された光景にしか映らなかっただろう。そして僕はメンバーとあんなに肌を寄せ合ったことはあっただろうかというくらい1つに固まり、彼らが所有している工場に誘導された。一体何されるんだ？　ということで頭がいっぱいになった。すると1人の男が口を開いた。

「嶋津友稀でーす、今日からよろしく」

あ、こいつが嶋津か。陽キャやなぁ、というのが第一印象だった。僕が人生で関わることの無い人種という感じだった。僕も陰キャなりに合わせるようにして、陽キャっぽいテンションで返事した。

「てっちゃんですっ、よろしくっ、ははっ」

「てっちゃーん！　よろしく‼」

やはり陽キャだ。この返事の発声、テンション、声の高さ。陽キャ挨拶ポイントの全てを網羅していた。そしてともやんは僕にこう言った。

「これからYouTube頑張って行こなぁ！」

「お、おう」


陽キャには2種類いる。陰キャを差別し陽キャとしか会話しない偽の陽キャ。陰キャとか気にしないで誰とでも分け隔てなく喋る真の陽キャ。ともやんは間違いなく後者だった。

これが僕とともやんの初めての出会い。この時にともやんと出会わなければ今のレイクレは絶対に無い。


あの時、声をかけてくれてありがとう。ともやん本人が気付かぬところでたくさんの人に感謝されている。そういう男だ。

最後に「ぺろ愛男爵」。本名は小川周平。メンバーで一番付き合いの長い男だ。僕とは、かれこれ10年以上一緒にいる唯一の男でもある。

この男との出会いは中学1年の頃。単純に僕の友達の友達って感じで仲良くなった。この男とは中学から今まで一緒に飯を食べ、一緒に酒を飲み、一緒に休日は遊んで……。

つまり一緒に歳をとってきたみたいな感覚だ。これだけ長いと、僕が小川のことについて書くのもどこか小っ恥ずかしい。

小川は優しい男だ。僕が中学でいじめられていても、小川は周りに流されず、僕とそれまで通り仲良くしてくれた。ちなみに小川も中学でいじめられていた。

正直言うと小川との思い出はここでは書き切れない。「僕と小川の過ごした10年」という分厚い単行本でも出さない限り書き切れない。それほどまでに小川との思い出が多すぎる。

思い返せば、いつどんな時も小川が僕の近くにいた気がする。放課後の時間、体育祭、文化祭、カラオケ、居酒屋……。

どこに行くにも、何をするにも「小川周平」は僕の身近にいる。そして今も僕の目の前でゲームしている。もはや僕のストーカーなのでは？　と錯覚するくらい一緒にいる。それなのに「飽きる」という感情が一切湧いてこない。そんな魅力的な男でもある。

そんな一番の「遊び仲間」が今では「仕事仲間であり遊び仲間」にまでなった。

全く、小川はどこまで僕の人生に付いてくるのだろうか。あ、間違えた。

僕の人生に並んで歩いてくれる「優しい男」だった。

どうかこれからも末永くよろしく。

完全なる男子ノリ

僕は初めて心の底から「この場から逃げ出したい」と思ったことがある。今から、その時のことについて話そう。

女の子には「男子って……」と思ってもらって構わないが、男の子であれば一度くらいこういった下ネタで、友達といきすぎたジョークを交わしたことがあるのではないか……。ちなみにこれからの話はコントでもなく、まぎれもなく「実話」である。

中学3年生の頃。その日は自習室にいたにもかかわらず「自習」とは名ばかりの「談笑」を「イツメン」である小川（後のぺろ愛男爵）とHの3人で楽しんでいた。放課後どこで遊ぶか、あの女の子可愛いよな、とかくだらない話をしては僕らは「自習」に励んでいた。

「今からマック行こうぜ～」

「最高」

「あ、ちょい待って、クラブ紹介の文章書かなあかん」

小川は当時、水泳部のキャプテンだった。彼は3日後に全校生徒の前でクラブ勧誘の発表をしなければならないという使命を背負っていたのだ。しかしクソガキだったHと僕は低俗なイタズラを思いついた。

「小川その紙かしてや」

「なんやねん、ええけど」

僕とHは小川から水泳部の紹介用紙を手にした。やることは1つ。落書きだ。

【こんばんは、全校生徒の皆さん、ちんちん部キャプテンのちんこデカ男です。僕はあそこがすごく大きいです。みんなもあそこを大きくしたければ是非ちんちん部への入部よろしくお願いします】

たしかこんな内容の落書きをしたと思う。低レベルすぎて呆れてくる。だが男子中学生であった僕らは爆笑していた。しかし、これだけでは満足しなかった僕らは低俗なイタズラに拍車をかけた。

「絵も描いとこうぜ」

「おけおけｗｗ」

僕とＨは余白部分にこれでもか、と言わんばかりの大きくなった巨大なソレを描き足した。しかも画伯並みにリアルに、だ。

「きゃはははは」

「リアルすぎやろｗｗ」

「てかデカすぎなｗｗ」

そして僕とＨはイタズラに満足した。しまいには達成感すら覚えていた。そしてＨはその紹介用紙を返した。

「はい、小川、おまえ絶対消しとけよ」

「ちょえええってｗｗ消すのだる～」

「おまえ、間違えてちんちん部の紹介すんなよ」

「消すのだるいし家で書くわ～」

そして僕ら３人は笑い合いながら自習室を後にした。翌日、僕とＨは地獄を経験することになるとも知らずに……。

翌日。変わらない朝だ。いつも通り登校し、教室に入って友達と談笑を楽しんだ。何の変哲も無い平凡な日々……のはずだった。

ガラガラガラガラ。担任が来た。僕らの担任は綺麗な女性教師で全校の生徒からも人気があった。

「起立〜、気をつけ〜礼、着席」

朝のホームルームの時間だ。優雅に読書の時間でも楽しむか、と思っていた矢先、担任が口を開いた。

「辰巳、H、ホームルームが終わったら職員室に来なさい」

僕は耳を疑った。教師から言われたくない台詞堂々1位の「職員室に来なさい」を言われたことへの恐怖を僕の体がまだ受け入れきれていなかった。読んでいた本の内容は一切、頭に入ってこなかった。

僕の心臓の鼓動は止まらないまま、ホームルームは終了した。

僕はHの元に駆け寄った。

「え、俺らなんかしたっけ」

「いや、まじで分からん、とりあえず職員室行こうぜ」

「お、おう」

Hもかなり焦っていた。一体、僕らが何をしたっていうんだ。

ガラガラガラガラ。

「失礼しまーす」

僕らは職員室へ足を踏み入れた。ただならぬ雰囲気が漂っていた。

僕らは担任の元へと向かった。

「なぜあなたたちが呼ばれたか分かる？」

担任はひどく怒っている。声と表情ですぐに分かった。

「分からないです」

分からないと答えるしかなかった。呼び出された理由が本当に分からないのだから仕方ない。

担任は大きなため息をついた。そして僕らにさらに追い討ちをかける一言を発した。

「一限は自習にするから、あなたたちは生徒指導室に来なさい」

【生徒指導室】。素行が悪い生徒を指導する部屋。僕とHは恐怖にうろたえた。生徒指導室に呼ばれる時は本当に悪いことをした時だけというのを知っていたからだ。

「分かりました」

僕らは担任と生徒指導室に向かった。

生徒指導室に入るとそこにはもう1人いた。僕らはその人物を前にして驚いた。

「座りなさい」

そう、「教頭先生」だった。教頭も同席するほどの悪事を僕らは働いたのだろうか。

教頭、担任、僕とHで対面に座らされた。

教頭は重苦しい空気の中、口を開いた。

「君たちはこの紙に見覚えはないかね？」

僕らは目を疑った。教頭が「ちんちん部紹介用紙」を見せつけてきたのだ。

「昨日廊下でこの紙を拾った生徒が職員室まで届けに来てくれました。名前欄に小川周平と書いてあったので、小川くんを呼び出して訳を聞くと、辰巳とHに落書きされたと言っていました。

君たちが落書きしたのかね？」

嘘だろ、小川。なんと小川は僕らの落書きした紙を学校に落としたまま帰宅したのだ。

僕は重い口を開いた。

「僕たちがやりました」

担任は深くため息をつき、呆れた表情をしていた。教頭も今すぐにでも殴りかかってきそうなほど怒りの表情をしていた。僕らは顔面蒼白になり、この場を早く逃げ出したかった。ただひとつ、僕らの目の前に広がる巨大なあの絵だけは形を変えず勃起した状態のままだった。

「中学3年にもなってこんな恥ずかしいことよくできたね。君たちはこの場で自分が書いた文章を読めるのかね？　声に出して読んでみなさい、ほら」

読めるわけがない。教頭はドSだ。読めないと分かっている僕らに羞恥心を植えつけてきやがる。もちろん、担任と教頭を前に「こんばんは、全校生徒の皆さん、ちんちん部……」なんて言えるわけがないのだ。

この時、僕は初めて心の底から「逃げていなくなりたい」と思った。ある程度、長い沈黙が続いた後、僕の隣から思いがけない言葉が聞こえてきた。

「こんばんは、全校生徒の皆さん、ちんちん部キャプテンのちんこデカ男です。僕はあそこがすごく大きいです。みんなもあそこを大きくしたければ是非ちんちん部への入部よろしくお願いします」

なんとHはこの紹介文を教頭と担任の前で読み上げたのだった。僕は笑いを堪えるのに必死だった。Hよ正気か？　いや、ここではちんちん部キャプテンと呼んだ方が正しいだろう。

僕は長時間俯いていた顔を上げ、担任の方を見た。担任も明らかに笑いを堪えていた。僕にはそれが分かった。我が生徒が低俗な文章をこの場で淡々と読み上げている姿があまりに滑稽だったのだろう。まさしく「緊張と緩和」。お笑いの基本概念を隣に座っている「ちんこデカ男」に見せつけられるなんて思いもしなかった。


さすがはこの部のキャプテンだ。

Hは口を開いた。

「読みました、本当にすみませんでした」

教頭の目の前で「僕はあそこがすごく大きいです」と宣言したのはHが最初で最後の生徒だったろう。教頭はオスとしてのマウントをHに取られていたのだ。

もう僕はこの状況に耐えきれず、ついに笑ってしまった。すると担任も笑った。そしてなんと教頭も思わず笑みをこぼした。

なぜか少し和やかな空間を残したまま説教は幕を閉じた。もちろん、再度担任と教頭にはこっぴどく怒られた。ただあの瞬間は間違いなくキャプテンに救われた。後日、低俗な文章と余白いっぱいに描かれた巨大なソレを自らの手で消した。

僕らはその日、「ちんちん部」を引退した。

友達の定義

読者にも「友達」と呼べる存在は多かれ少なかれ存在するだろう。

僕の中で本当の「友達」と呼べる関係性には２つ定義がある。

僕が暇な時に気兼ねなく「今から飲みに行こや」「今から遊ぼや」と言えちゃう相手は本当の友達だと思う。

もちろん当日に急な誘いであるため、一緒に飲める可能性は低いだろう。ただ僕がここで言いたいのは「当日でも気を遣わず誘える友達」が存在するということだ。

読者の皆さんも頭の中で想像してみてほしい。なんの遠慮もなく「今から遊ぼや」と言える友達ははたして何人いるだろうか。それをできる関係性こそ真の「友達」と呼べるのではないだろうか。

「今から飲もや」。これが言える、または言い合える関係性は非常に価値が高い。

そしてもう1つ。「学校を卒業してからも遊ぶ友達」は友達だと考える。

学生のみんなは学校に行ったら会話を楽しむ友達がいるだろう。しかしそれは「学校で会うから」という理由のもと仲良く話しているのではないだろうか。

卒業したら「学校に行く」という行いがなくなる。そうすると、自分から能動的に連絡してプライベートの時間を割いてでも遊びたいかどうか、ふるいにかける作業が始まる。今まで仲良くしていたのも「学校にいるから」であり、実際本当に時間を作ってまでも会いたい友達はぐっと減るのではないか。卒業しても会いたい友達、会ってくれる友達とは本当の友情が生まれていると僕は感じる。

つまり本当の「友達」とは特に理由がなくても飲みに行ったり、遊びに行ったりする人のことを指すと考える。そんな友達が1人でもいたら十分だろう。

好きな人、苦手な人

僕も一応人間だから人の好き嫌いは多少なりともある。ただ基本的に人を嫌いになることはないし、それを表に出すこともない。仮に苦手な人ができた場合、徐々に距離を置いて関わりをなくしていく。

僕が「あ、この人好きかも」と思うのは異性同性関係なく「物静かな人」だ。あまり自分のことは語らず、聞き手に徹する。しかし、ただ単に無口でつまらない人ということではない。僕の思う物静かな人とは言動や態度に「余裕」がある人である。余裕がある人は一緒にいて落ち着く。また、多くは語らないため、ミステリアスな雰囲気にも惹かれる。その人のことをもっと知りたくなる。映画などの作品でも普段は物静かだが、ここぞ、という時にはとても頼りになる人、こんな人が好きだ。めちゃくちゃかっこいい。

逆を言えば、僕は「うるさい人」が苦手だ。初対面でペラペラと自分の話、ましてや他人の秘密話をする人は苦手だ。さらに言うと、うるさくて「タメ口」な人は最悪だ。初対面であるなら年齢関係なく敬語で話すのが今後良い関係を築いていくためのマナーだと思う。いきなりタメ口で話しかけられた途端に自分の境界線に土足で入られた気がして、距離を置きたくなる。僕の考える「うるさい人」とは相手の気持ちに立たず、自分本位で話し続ける人のことである。

僕の中で「うるさい」と「明るい」は似ているようで全くの別物とみている。もちろん明るい人は好きだ。一緒にいて楽しい気持ちになる。そう、「一緒にいて楽しい」がポイントだ。うるさい人は一緒にいても当人だけが楽しくて、周りは楽しいと思っていない。自分だけのことを考えて話す人か、周囲を意識して意識的に話す人か、人はもちろん後者と仲良くなりたいだろう。ただ苦手の原因は「自分にもある」と僕は考える。苦手意識というのは自分が生み出す感情であり、自分が正しいという思考のもとである。つまり、苦手を生み出しているのは他者より自分自身なのである。

結論、苦手な人に対しては「無意識」になった方が生きやすい、というのが最近僕の出した答えだ。

酔ったらこうなる

誰が興味あんねん、と思いながらも「僕は酔ったらこうなるよ～」というのをいくつか書かせていただく。これから僕と飲みにいく可能性があるかもしれない読者の皆さんには是非とも読んでいただきたい。

まず僕の「酔ったらこうなる」はだいたい2パターンと決まっている。

「寝る」か「騒ぐ」の2つだ。いや、大体の人間そうやん。ただ本当にこの2パターンがほとんどで「泣く」「怒る」「説教する」という情緒不安定系はまだ経験していない。

僕は飲む時は結構飲む。とりあえず「酔ったなぁ」と思うまではぐびぐび必ず飲む。お酒も基本的に「ビール」か「レモンサワー」の2択だ。この2つはどこの居酒屋にも必ずあるのでメニュー表を見る手間を省けるという単純な理由からだ。

そして、だいたい8~9杯目で仕上がる。この時に僕の体は寝るか騒ぐかの2つの選択を迫られる。コンディションによって変わってくるが基本寝てしまう。つまらない男である。居酒屋の壁と一体化するようにもたれかかって寝てしまい、気付くと飲み会はお開きになっていたということが数え切れないほどある。本当はみんなと楽しみたいのに、空いたグラスの多さにいつも自分が寝ていた間の盛り上がりを感じる。もし僕と飲みに行く機会があって、僕が寝ていたりしたら起こしてほしい。たぶん起きないけど。

次に騒ぐ場合。この時の僕は結構うざい。お酒を飲むペースも馬鹿で、すぐにみんなと乾杯したがる。もうこの時は記憶が曖昧であることが多い。お酒が入って楽しいと感じている時は、何をされても許してしまう傾向にある。服をパンツ一丁になるまで脱がされても、隣のムサい男にキスをされても御構い無しだ。もちろんキスをし返す。大体のことは笑い飛ばせるくらい器が大きくなる。しかし、これは本当に気を許した友達と飲んだ時しか召喚されない僕なので、みんなにも早くこの僕を召喚してほしい。それくらい僕は読者のみんなと仲良くなりたい。

僕を見かけた時はいつでも飲みに誘ってね。

大学友達不可欠論

それでは講義を始める。今日の講義内容はこちら。「大学友達不可欠論」だ。

大学に友達は必要かどうか。どう考えても必要だ。理由はこの世の蟻の数ほどあるが、ここではもっともな理由を述べていく。


大学を卒業する上で必要不可欠なモノって何か分かるかな?

そう、「単位」だ。卒業条件の数の単位を取得していなければ大学は卒業することができない。

単位は主に大学のテストの成績で貰えるかどうか決まる。


テストといえど、高校と大学では訳が違う。

一言で言えば大学のテストは「情報戦」だ。大学では、教授がテスト範囲を明確に教えてくれないなんてこともある。そんな中、1人で闇雲に勉強する奴は逆に賢くないなんてこともある。

どんなに必死こいて勉強したところで、全く勉強した範囲と違うなんてことは多々あるからだ。

もう言わなくても分かるよね。大学は情報戦。情報を集めるには？

そう、「友達」が必要不可欠だ。もっと言えば友達が多い人と仲良くしておこう。だいたいそんな奴は「どっから入手してん」みたいな情報をなぜか持っている。

例えば「過去問」だったり「絶対テストに出る問題」みたいな。

これらの情報を事前に仕入れておくと、効率よく単位が取れる。必死こいて勉強するより、

「テストに有益な情報を仕入れる」時間に労力を注いだ方が単位を取れる確率は高くなる。

ただ友達が1人や2人なら仕入れられる情報は少ない。なるべく自分のためにも多くの友達は作っておこう。多くの情報があった方が有利なのは間違いない。

しかし、1つ注意点がある。テストの情報は「等価交換」を求められることが多々ある。「情報あげる代わりにおまえもくれや」と言ってくる輩は一定数いる。

ここで僕が言っておきたいのは「超有益な情報」を無闇に渡さないことだ。向こうが提示してきた情報と同程度の情報を渡すべきだ。そうしないと超有益な情報が生徒に出回ってしまい、全員良い点数を取ってしまう。そこの線引きには注意していただきたい。大学のテストは「情報戦」かつ「心理戦」でもある。

大学には友達が必要不可欠である。みんなこれテストに出るから覚えといてね。

好きなことは楽しむ

昔から僕は「映画」が好きだった。将来は映画に携わる仕事がしたいと思っていた。たくさんの映画を観ていくうちに「観る側」ではなく「出る側 or 制作側」に立ちたいと思い始めた。

ただそれは思うだけで実行には移さなかった。結局は「観る側」の人間だった。

そして大学2年、僕は YouTube を始めた。僕は YouTube の世界にのめり込んだ。気付くと多くのファンが僕に付いいてきてくれていた。

僕は映画が好きだ。その気持ちは YouTube の活動をしても変わることがなかった。YouTuber が映画の世界に入っていいのか、そんな葛藤の中、僕は初めて自主制作の映画出演のオーディションを受けた。やはり、出る側の人間になりたいという衝動を自身で抑え切れなかった。結果は合格。初めて演技をした。自分は今「観る側」の人間ではなく「出る側」の人間になっているという興奮がそこにはあった。僅か1分程度の出演。「バーの店長」の役を演じた。目線、セリフの間、表情等、監督から様々な指示があり自分なりに試行錯誤して演じた。僕にとって長年夢見た1分だった。

僕はその後、いくつかの映画に出演させてもらった。作品ごとに声色から姿勢、表情やセリフの間など学ぶものが多く、いつしか自分も作品を制作してみたいと思っていた。

そして去年、僕の個人チャンネル「J Cinema」で自主制作の短編映画を投稿した。評価されることも、もちろん大事だが、それより「映画を撮った」という経験、自分がしたかったことを実行したという現実がすごく嬉しかった。

それから何本か個人チャンネルで自主制作の映画を投稿した。撮り方、台詞、ストーリーに僕の好きな映画のオマージュを入れたりすることが楽しかった。とにかく「楽しい」と感じた。もちろん楽しいだけじゃダメなのは分かっている。

僕の作品で人を「楽しませられる」かといえば分からない。もちろんそれで人の心を動かせられたら最高だが、まだそこまで考えられる器は今の僕にはない。「初心を忘れずに」という言葉の中の、バリバリ初心の状態だ。今は映画に携わる仕事で結果もほとんど出せていない。ただ「したかったことをした」という事実のみだ。しかし、後悔は微塵もしていない。

僕は映画が好きだ。いつでも映画に対して「楽しい」という気持ちを忘れないでいたい。

part 4

YouTuber／てっちゃんとして

YouTuberの1週間ルーティーン

「YouTuber」と聞くと、楽しく過ごしている、楽してお金を稼いでそう、という印象が一般的に先行しがちだが、実際はそうでもない。1週間中休みという休みは無いし、成果が出ない時期はお金も無く、余裕もなく、かなりしんどい。ここからはみんなの印象とはちょっと違うYouTuberの裏話をしていこう。

レイクレの1週間は撮影と編集の毎日だ。月曜日から土曜日、僕らは会社員のように、決まった時間に事務所に毎日出勤する。退社時間も設定されており、その時間までは必ず事務所で仕事をしなければならない。仮に退社時間を過ぎても、今日中に終えないといけないタスクがあれば「残業」をする。

僕らの1週間は基本的に「撮影日」「編集日」に分けられている。例えば、月曜日は「編集日」、火曜日は「撮影日」みたいに1日に何をするかを僕らで決めるスタイルだ。

撮影日は1週間のうちの2日間で「撮り溜め」をし、残りの5日間（日曜日は原則休みだが、基本家で編集している）は「編集日」。動画の編集に費やすことにしている。

チームレイクレは今まで編集する手を一切緩めることなく、月に動画ストックが14〜15本ほどある状態をキープしている。大真面目でしょ。ただこの「編集」という作業に僕らは苦しめられ、悩まされ、体を脅かされている。

この「編集」には「提出期限」というものが設けられている。学生でいうところの宿題、レポートみたいなものだ。この提出期限を守らなかったら……。

当然先生に怒られる。僕らも一緒だ。社長、マネージャーにこっぴどく怒られる。またチームにも迷惑がかかる。そのため僕らは寝る間も惜しんで必死に動画を仕上げる。

この地獄の提出期限は動画素材を振り分けられてから、だいたい3日から4日だ。「めっちゃ時間かけてるやん」と思ったそこの君。正直言わせてもらえば圧倒的に時間が足りない。僕らの動画素材（全く編集していないモノ）はだいたい平均1時間30分程度のものだ。長い時は3～4時間くらいある。これを15～20分くらいの動画にまとめなければならない。そのためにカット、テロップ、ＢＧＭ、その他諸々の技術を駆使して作り上げている。編集について話し出すと長くなるため、これはまた後のページで話そう。

この撮影と編集の毎日は1週間のルーティーンというより、「1年間のルーティーン」といった方が正解なのかもしれない。僕らは今まで夢中でYouTubeに動画を投稿し続けてきた。

これら全ての原動力は「僕らを応援してくれているファンの存在」が一番大きい。撮影するのも編集するのも、全ては君たちを笑顔にするためだ。

僕らのルーティーンを作ってくれて、支えてくれて本当にありがとう。

■とある撮影日（撮影本数５本）

7：00　河川敷にて案件撮影
10：00　事務所に戻ってから室内企画撮影
12：00　３本目の室内企画
14：00　次の大食い企画、夜のお酒企画のために買い出し
15：00　事務所に戻り、大食い企画撮影
18：00　お酒企画撮影
20：00〜21：00　帰宅（撮影終わり次第）
※タスクが残っている人は事務所にて残業。

■とある編集日

13：00　編集開始
ここから全員退社時間までずっと編集
21：00　退社
※タスクが残っている人は事務所にて残業。（朝まで編集もザラ）

会議について

僕らは毎週月曜日に会議をする。1週間の登録者数の伸び、反省点、改善点、編集の進捗状況、企画会議等をチームで2～3時間話し合い、今週すべきことを決める。

企画会議では各々が事前に考えてきた企画をいくつかプレゼンし、一通り終わった後は「投票」に入る。この投票とは1つの企画が採用かどうかを僕ら5人の挙手制で行う。公平性を保つために全員目は伏せる。マネージャーが読み上げてくれる僕らの企画に過半数が手をあげた場合、その企画は晴れて「採用」となる。これを毎週行うことで1ヶ月先までの撮影スケジュールが埋まる。

よく視聴者から「企画は誰が考えているの？」という質問が寄せられるので今更回答すると、「チーム全員」が答えである。

僕が思うにレイクレの良いところはたとえ企画が没ネタだとしても、それを「さらにこうしてみるとかどう？」「罰ゲーム変えてみるとかどう？」といった建設的な意見が飛び交うことだ。5人には5人それぞれの脳みそがある。その脳みそを上手く効率的に活用し合えることは素晴らしいと思う。

企画会議を含む毎週の会議内容は全て議事録にまとめて会社に提出する。議事録に記録された「今週の目標」を来週までに達成できていない場合は、なぜできなかったのかを来週の会議で話し合う。また、なぜこの企画が伸びたのか、逆になぜこの企画は伸びなかったのか、僕たちは原因を話し合い、次に活かせるよう対策を組む。この繰り返しだ。

この繰り返しは僕らがYouTubeを続けて行く限り、視聴者がいる限り、終わらないだろう。会議は視聴者を楽しませる策を生み出すためにも必要不可欠なことだ。僕らは視聴者をワクワクさせる策をたくさん用意しているし、これからもたくさん生み出していく。

僕たちの活躍に期待しておいてほしい。良い意味で裏切っていくよ。

撮影について

レイクレの撮影は基本的に週に2日だ。周りのYouTuberに比べたら少ないだろう。ただ僕らは「1日に5～6本撮影」という驚異的な本数を撮影する。正直、かなりきつい。ただ今の僕らが撮影日数を増やすと、編集に手が回らなくなってしまう。それほどまでに僕らは1本の動画に対しての編集に凝っている。

撮影は基本的に台本とかは用意せず、ぶっつけ本番で始まり、オープニングはテンポが悪ければもう一度撮り直し、自分たちが納得いくまで撮り続ける。カメラが回っているうちは常に誰かはボケていて、誰かがそれに対してツッコんでいる状態のため、頭をフル回転させておかないと一言も喋る隙を与えてくれない。

撮影に関して良い点なのか、悪い点なのか分からないが、僕らは「ヤラセ」をしない。ドッキリにしろ、達成系にしろ、編集すれば本当にやっているっぽくごまかせる企画でも、必ず本気で実行する。

定番の1ヶ月企画も1ヶ月ガチで取り組むし、ドッキリ系も1ヶ月間くらい本当に準備して撮影に挑む。もちろん、これには理由がある。生の反応が一番「おもろいから」、これに尽きる。

僕らの撮影において大事なのは「おもろいか」「おもろくないか」。僕らは常にリアルを視聴者に届けたいのだ。

そして僕らの撮影は、昔から一貫して「自分たちがおもろいと思うことをやる」、これを続けている。登録者数が増え、再生回数も増えたのは、僕らが変わったというよりかは、「周りの僕らを見る目が変わった」と言った方が正しいだろう。僕らが昔からやっている芯の部分は何1つ変わっていない。僕らが「おもろい」と思うことに共感してくれる人たちが増えたのだと思う。ありがとう。

僕らはこれからも自分たちが思う「おもろい」撮影を続けて、視聴者を楽しませるつもりだ。

編集について

それではレイクレにとって命の編集について詳しく語ろう。編集に関して、僕たちは誰かに指導してもらった、などではなく、今まで全て独学で学んできた。

初期のレイクレの動画と、今のレイクレの動画を見比べていただければ分かる通り、その差は歴然である。僕らの編集は常に進化し続けていて、カット、テロップ、ＢＧＭ全てにおいて初期に比べたら大幅にレベルアップした。

そんな僕らの編集の大きな特徴は、カットの精密さだろう。僕らの動画を見てもらえば分かるだろうが、常に誰かがアップになっていたり、全体の引きの映像であったりと、画面の切り替わりがとても激しい。このカットの多さによってテンポがとても良くなる。視聴者には、時間を忘れて動画を楽しんでもらえるようカット１つにも様々な工夫を施している。「テンポが良い」と言われる所以は僕たちの編集があってこそ生まれる１つの技術だ。

また、僕らが編集において影響を受けたのは人気番組の『めちゃ×2イケてるッ！』『水曜日のダウンタウン』なんかが挙げられる。このようなバラエティ番組の編集は常に参考にしている。レイクレで使用されるテロップやアイキャッチなんかはまさにこれらの番組からインスピレーションを受けている。

僕たちは常日頃から、ＴＶやネットで得た新しい編集技術を皆で共有し合って、良いと思った場合は上手く動画に落とし込んでいる。この繰り返しによって僕たちの動画のクオリティは日に日に上がっていく。

３日４日かけて15分程度の動画を作成するのは、僕たちの動画投稿頻度を考慮すると、かなり要領が悪いのかもしれない。しかし「動画の質は決して落とさない」がチーム全員の共通認識であるため、これからも手は抜くことなく、視聴者を楽しませる一心で頑張って行く。

よし、この章を書き終えたらレイクレの編集に戻るか。

地獄企画

「一番きつかった企画はなんですか?」。この質問に対して、メンバーがおそらくみな口を揃える企画が1つある。

(※)「1ヶ月リアル人生ゲーム生活」だ。「え、結構楽しそうやったやん」と思う人もいるだろう。ただ冷静になって考えてみてほしい。僕らの1週間ルーティーンは撮影日が2日、編集日が5日だ。

しかし、1ヶ月リアル人生ゲーム生活ではそれが適用されない。毎日が撮影日であり、編集日でもあるのだ。1ヶ月間毎日オリジナルのルーレットを回して出たマス通りの生活をしなければならない。つまり出たマスが地獄だった場合は編集する時間を大幅に削られるということだ。さらに1人1人の人生は違うため、もはやソロチャンネルの状態で撮影を決行しなければならない。

これはグループに慣れてしまっている僕らにとってはかなり至難の業だ。1人でボケて、1人でツッコまなければいけない状況に立たされる。常にスべる恐怖と隣合わせな訳だ。

さらにマスによって外での撮影が長引いてしまっても「編集」の提出期限は僕たちを待ってはくれない。夜に撮影が終わって、事務所に戻り、朝まで編集をし、次の日もマスを回す、といった地獄の日々の繰り返しであった。

動画を見てもらったら分かると思うが、僕らはなんのマスが出るか本当にドキドキでたまらない顔をしている。マスによってその日の撮影・編集の程度が決まるからだ。「1ヶ月リアル人生ゲーム生活」は動画内はもちろん、動画外でも本当に僕らの人生をゲームしていたといっても過言ではないだろう。

これらを踏まえた上で、もう一度「1ヶ月リアル人生ゲーム生活」を再生するのも違った面白さがあるだろう。是非見ていただきたい。

※自分たちで作ったオリジナルのマスで展開される「レイクレ版人生ゲーム」を1ヶ月間実施する。毎日ルーレットを回し、出たマスの生活通り過ごさなければいけない。例えば「事務所から歩いて家まで帰る」「1人有馬温泉旅行」「高級ブランド購入」「河川敷で1時間少林寺」「なんばグランド花月の前でオリジナル漫才披露」「六甲山の夜景を見にいく」等。

ファンに救われる

本当にそうだ。1つとして間違いなどない。

ファンのおかげで今の僕がいる。君たちは僕にとって大切でかけがえのない人たちだ。

君たちは、毎日のように僕のことをSNSで応援してくれて、イベントがあれば僕に会いにわざわざ足を運んでくれて、さらにはお手紙やプレゼントも渡してくれて……。

僕は本当に幸せ者だと思う。たぶん僕は、皆にそれ相応のお返しをすることはできていない。極端に言えば、ファンの皆は僕に「無償の愛」をくれる。

ファンの皆から「街で見かけたら声をかけて良いですか？」という質問が僕の元に多数寄せられるため、ここで答えよう。僕はファンと街でバッタリ会ったり、写真や握手を求められた場合、よほどの理由がない限りは、しっかりと対応するように心がけている。ファンの皆からしたら滅多にない機会だと思うから、良い思い出を持ち帰ってほしい。常に無償の愛をくれる皆に僕ができるお返しはこういうことくらいしかないと思うので、今後、有名になっていったとしても変わらないでいようと思う。僕を見かけたら、いつでも声をかけてほしい。

思い返すと、僕らが普段からファンにできることって「おもしろい動画」を届けるくらいしかできない。それに対して、いつもいいねを押してくれたり、コメントをしてくれたり、全く君たちは本当に最高な存在だ。ファンの皆が思っている以上に、僕は皆からの言葉や行動にとても救われている。毎日ツイッターで応援メッセージをつぶやいてくれるのも、インスタで僕をメンションしてくれるのも、TikTokで僕の動画を作って投稿してくれるのも、毎日のように目にしては、嬉しくて、頑張ろうと思うし、ファンの存在が僕の頑張れる理由になっている。

この抑えようのない感謝をどう言葉で表すか難しい。ただこの本ではっきりとみんなに申したい。「愛してます、本当にいつもありがとう、これからもよろしくね」

就活かYouTubeか

悩んだ。めちゃくちゃ悩んだ。周りが就活に励んでいる中、芽が出るかも分からないYouTubeの道へ進むのか、これは、どう考えたって普通に就活してサラリーマンになり、安定した道を選択する方が無難である。

しかし、僕はそれが嫌だった。まず1つにYouTubeをして食べて行くという道が「なんかおもろそう」と思ったからだ。この先どうなるか分からないが、成功すれば最高の世界に足を踏み入れるワクワクが堪らなかった。

そしてもう1つ。これがYouTuberという道を選んだ人生の要因にかなり直結している。僕は大学2年の夏にYouTubeを始めた。それからは卒業まで周りが遊んでいるのを横目に撮影・編集に没頭した。行きたい飲み会も旅行もデートも全て制限してYouTubeに没頭した。これを大学2年から続けている。

つまり僕は大学2年生で就活を始めていたのだ。それにもかかわらず周りが就活の時期になって、自分も合わせて就活を始めたら、今まで自分が我慢してきた時間が勿体無く思えてしまうと感じYouTubeの道を選んだ。大学生が経験する貴重な時間をYouTubeに捧げたにもかかわらず、4年生で周りと同じスタートラインに立つことが僕はすごく嫌だった。

「辰巳ってこれからどうすんの？ ニート？（笑）」卒業式の日に知人にこう言われた。僕は苦笑いしながら「ニート（笑）」と答えた。知人の周りも僕を馬鹿にしたように笑っていた。あの時は自信を持ってYouTubeで食べて行くと言えなかったのだ。そんな自分がすごく情けなくて悔しかったと同時に、必ずYouTubeで成功してやると再度強く心に誓った。

声を大にして言いたい。僕はYouTubeの道に進んだことを微塵も後悔していない。僕はこれからもYouTubeを続けて行く。読者の皆も、今は芽が出なくても、馬鹿にされても、将来「なんかおもろそう」と思える方へ是非進んでいただきたい。

間違えてもニートになったらあかんで。

映画制作について

映画制作と呼んでいいのか分からないが、僕は個人チャンネル「J' Cinema」で自主制作の映画をいくつか投稿している。

もちろん商業映画と比べたらクオリティははるかに劣るが、YouTube上でしか投稿しない映像と捉えた場合、そこそこクオリティは高いと思う。読者の皆にも是非見ていただきたい。

僕らは「映画」を制作する上で周りと明らかに違う点がある。本来、映画制作というのは「スタッフ」という存在がとても重要である。例えば、脚本家、照明技師、音声技師、ヘアメイク、美術、装飾部、編集部……挙げだしたらキリがない。それに監督、役者がいないと映画を撮り始めることすらできない。

つまり、「映画制作」には多くのスタッフ、演者がいて初めて成り立つ。しかし、「J' Cinema」は僕とB・i・xの2人でその全てをまかなうというトチ狂った活動を続けている。監督も役者も脚本も絵コンテも編集も音声も照明も衣装もヘアメイクも全て僕ら2人でまかなう。これはかなりきつい。

僕はレイクレの活動が常にあるため、「J' Cinema」の撮影を始める時は基本的にレイクレの活動終わり、つまり夜から朝にかけての撮影になる。それがだいたい1週間くらい続く。レイクレの撮影、編集、映画の撮影、脚本執筆を同時にこなさなければいけない。さらに僕らの短編映画『桃源郷』の撮影の時はこれに加え、この本の執筆も重なっていたため、本当にしんどかった。愚痴くらいはここで吐かせてくれ。

僕らは圧倒的に人員が足りないため、僅か10秒程度の尺に1時間程度撮影することがある。様々なカットも2人しかいないため、僕らなりに工夫して撮影に挑む。『もしものび太が暗殺者だったら』という僕らの作品のアクションシーンなんかは僅か20秒にもかかわらず、6時間もの撮影時間をかけ、作り上げた。

僕らのチャンネルは10分程度の動画に3～4日ほど撮影時間をかけている。その割に再生数はあまり良くない。正直めちゃくちゃコスパが悪い。また2人しか人員がいないため撮れるショットも作品も限られてくる。

じゃあなぜそんなしんどいことをわざわざやるのか。レイクレのみの活動でも十分やっていけるのに。理由はただ1つだ。「作りたいものを作る」。このためには体力も時間も惜しまない。再生数が出なくても、広告収入が無くても「自分が作りたいものを作る」。僕とＢｉｘの映画制作はまだ始まったばかりだ。

何者でもない

「YouTuber」。これは世間が思う「てっちゃん」に対しての印象だろう。

もちろん僕の芯の部分はYouTuberだ。ただ最近になって思うことは、僕は一体「何者」なのかということだ。今こうして本を執筆しているのは果たしてYouTuberの仕事なのだろうか。さらには映画を制作したり、役者として芝居をしたり、アパレルの広告をしたり……。

僕はYouTuberであり、一時は作家であり、監督であり、役者であり、モデルであり……。あれ？　僕って一体「何者」なんだ、と思う。しかし「何者」だと思える環境に、僕はすごく感謝している。

「YouTuberだからYouTubeで動画投稿だけする」なんて人生は正直とてもつまらない。もちろん1つのことを極め続ける格好良さや美学もあるが、僕は一度きりの人生自分が思うやりたいことをやったらいいと思う。

「YouTuberが歌なんか出すな、YouTuberが役者なんかするな」という意見をたまに耳にすることがあるが、なぜ仕事を1つに絞らないといけないのだろうか。役者だって歌ったらいいし、バンドマンも芝居したらいいいし、作家だってYouTubeをしてもいい。

僕はYouTuberがYouTubeだけをするのは勿体無いと思う。芯の部分では「自分はYouTuber」という意識は忘れないでおきたいが「何者」にでもなれる人生を精一杯楽しまないと損だと思う。

ただこれはあくまで僕の考えであって、一人一人の幸せのカタチは違うのだから、それぞれが思う理想の姿を実現してくれたらいい。

一体自分は「何者」なのか。僕は何者でもないからこそ、何者にでもなれる人生をこれからも謳歌していくつもりだ。

僕と同じ若い世代はこれから色々なことに挑戦してほしい。

これから何かを始める人へ

「最も重要な決定とは、何をするかではなく、何をしないかを決めることだ」
これは世界的にも有名な起業家スティーブ・ジョブズの言葉だ。
僕はこの言葉を、これから何かを始めようとしている人たちに伝えておきたい。

僕はYouTubeを始める時、まずは何をするべきか様々な計画を立てた。編集はどうするか、チャンネルのコンセプトは何か、撮影機材はどうしよう、企画はどんなのがいいか……。

しかし、今になって思うのは「何をするか」を決めるより「何をしないか」を決めた方がうまくいくということだ。友達との飲みは制限する、理由もなく遊びには出かけない、ゲームをしすぎない等々。これらを意識することで夢へ近づくためには何をすべきかが自然と見えてくる。

多くの時間を無駄にしてしまっては、いつのまにか自分の目標とかけ離れていき、気付くと

「諦める」決断に至ってしまう。全ての物事には優先順位があり、今やらなくてもいいこと、今やらなければいけないことの選別を上手くする必要がある。やらなくてもよいことは自分の目標のために容赦なく捨てたあとに、今やるべきことに徹底的に注力する。

これから何かを始めようと考えている人には、一旦、自分の頭の中を整理して、「これって今本当にやるべきことなの？」を丁寧に探し出してほしい。何かをしよう、何かをしよう、ばかりに意識を向けず、まずは「何をしないか」をあぶり出していただきたい。そうすることで自分の目標において、何をするべきかの計画をタイムリーに組み立てられるはずだ。

是非、皆には「正しい時間の使い方」を見つけ出してほしい。本当に大切なことは「何をしないか」を決めた先に見えてくるだろう。

5

part 5

普段の僕～20代男子として～

好きな映画

「好きな映画って何？」

皆さんも一度は聞かれたことがある質問だろう。この質問、僕は聞かれたらいつも答えに困る。正直好きな映画なんて数え切れないほどあるし、1つに絞ろうとすると何日も考えてしまうだろう。そこで僕は好きな映画を1つに絞りたくなくて「～監督の作品は基本的に全部好きかなぁ」と答えることが多い。ただこれは映画をあまり観ない人たちからしたら「俺って映画通なんだぜ？」感が出て少々イキっているようにも見えるかもしれない。

「辰巳くんって好きな映画なんなん？」

「あ～俺はデヴィッド・フィンチャーとか結構好きやで」

「ん？　デヴィッド・フィンチャーって映画のタイトル？」

「あ～ちゃうちゃう、監督、監督、例えば『セブン』とか『ファイト・クラブ』とか」

どうだろう。こんな感じで単体の作品を答えるのではなく〜監督の作品と答えると、好きな映画を1つに絞らなくても良い代わりに、映画知識をひけらかしている感が否めなくもない。「つまり、おまえは何が言いたいねん」と言うと、僕の好きな映画は「デヴィッド・フィンチャー監督の作品」であるということだ。例えば『セブン』とか『ファイト・クラブ』とか。

彼の映像は基本的に薄暗く、憂鬱感が漂うが徐々にその憂鬱感がクセになってくる。彼は人間の陰の心理を上手く描くことが得意で、僕みたいな、ひねくれている社会不適合者にはピッタリとハマる作品が多いのも印象的だ。あの重苦しく暗い空気感、だけども刺激的で衝撃的、ラストにかけて押し寄せてくる絶望や虚無感、観終わった後にジワジワとくる余韻、これがたまらない。皆さんにも是非デヴィッド・フィンチャー監督の作品は全て観ていただきたい。

微力ながら、彼の魅力を本書で紹介できたことでもう満足ではあるが、もう少し書かないとKADOKAWAさんに怒られるので、これから僕の「好きな映画」を3つ紹介していこうと思う。いやぁ3つでもかなり迷った。

ではまず1つ目。
『パラサイト　半地下の家族』でアカデミー賞作品賞を受賞し、国際的にも評価の高い韓国の映画監督ポン・ジュノが手掛けた大作『母なる証明』をオススメする。

僕はこの映画を観終わった後、「天才や、すげぇ天才や」と興奮のあまり本当に声に出して言ってしまった。韓国映画は好きでよく観るが、その中でも、韓国映画で1番好きな作品は『母なる証明』といっても過言ではない。それほどまでに素晴らしい作品である。これから観る人のためにもあらすじだけ簡単に説明しておく。

舞台は静かな田舎町。ここで漢方を売りながら鍼治療をし、細々と生計を立てている母とその息子のトジュンという青年がいた。息子には知的障害があり、難しい話はうまく理解できない。ある日、その町で残忍な女子高生殺人事件が発生し、その容疑者としてトジュンが逮捕されてしまう。ただひたすら息子を溺愛する母は、トジュンが無実であることを確信していた。その無実を証明するために自ら真犯人を探すことを決意し、奔走する……、といった感じだ。

本作はサスペンスであると同時に、我が子を思う母の狂気的な愛情を描いている。母と子の中にある「無償の愛」という普遍的なテーマであるにもかかわらず、サスペンスに仕立て上げるポン・ジュノの力量には脱帽である。そしてなんといっても見どころはラスト30分。ありとあらゆる伏線の回収、「母親とはなにか」「愛情とはなにか」、観る者の心を揺さぶる完成度の高い作品である。あまりここで喋りすぎると、ネタバレになってしまうので是非、自分の目で確かめていただきたい。

続いて2つ目。
『あの頃、君を追いかけた』で大ヒットを記録した台湾の名匠ギデンズ・コーの学園ホラー『怪怪怪怪物！』をオススメする。

本作は「いじめ」がテーマになっている。いじめられる側の心情、いじめる側の心情を上手く描き、人間の闇の部分をくっきりと映し出している。「人間の本質」というものを「いじめ」というテーマから掘り出す巧妙さからは目が離せない。それではあらすじを少し。

舞台は台湾の高校。ある日、いじめられっ子のリンはクラス費強奪の容疑をかけられ、教師から、いじめっ子集団とともに独居老人の面倒をみるというボランティアをするように命令される。しかし、そこで2匹の姉妹の怪物に遭遇し、彼らは妹の方を捕まえて、「調査」「実験」と称した「虐待」の限りを尽くす。果たして真の怪物は人間なのか？　怪物なのか？　といったところだ。

本作で常に問いかけられる「怪物とは誰か」。善とは？　悪とは？　皆にも自分の目で確認してほしい。本作は個人的に、あまり説明しすぎても良さが薄れると思うため、予備知識はこの程度にして、今すぐ本編の方へ移っていただきたい。あ、やっぱりこの本を読み終えてからにして。ちなみにスイカジュース飲みながら本編を見るとより楽しめるからおすすめ！

最後に3つ目。芥川賞作家・田辺聖子の短編小説を実写化した犬童一心による恋愛映画『ジョゼと虎と魚たち』をオススメする。

この映画を観終わった後、僕は「やっぱそうよな」と言った。そういうことだ。観たら分かる。やっぱそうか、と僕は捉えた。綺麗事を言えば、なんとでも言えるが正直言うと僕も主人公と同じ道を選択するだろう。その意味では「リアルな恋愛」を真っ向から描いている作品とも言える。

本作のあらすじはこうだ。

平凡な大学生の恒夫はセフレとの付き合いを楽しんだり、雀荘でバイトしたりと奔放な日々を過ごしている。ある朝、祖母の押す乳母車に乗った足の不自由な「ジョゼ」と名乗る少女と出会う。恒夫はジョゼの不思議な存在感に興味を示し、度々彼女の家を訪れることとなる。ジョゼは憧れの「外の世界」へと連れ出してくれる恒夫に心惹かれていき……。

本作を観る上で主人公を自分に置き換えて「自分だったらどうするか？」、を考えてみてほしい。人間の強さや弱さがラストへ近づくに連れて見えていき、ラストシーンではなんとも言えない感情に苛まれる。決してお涙頂戴のストーリーではなく障害者と健常者のリアルな恋愛がそこにはある。「自分ならどうするか」、ここに視点を置いて観ていただきたい一作となっている。主題歌はくるりが歌っていてそれもまたあいまって良い。

以上が皆におすすめする映画だ。まだまだ紹介したいが今日はこの辺で。次は皆と飲みに行った時にでも話そう。

オフの過ごし方

今日は日曜日だ！　オフだ！

みんなは僕のオフがどんな感じか想像できますか？

基本的に日曜日は休み（事務所に出勤しなくていい）だが、レイクレメンバーは全員家で編集している。現に僕も今本の執筆と並行してレイクレの編集と個人チャンネルの映画の脚本を書いている。つまりオフというオフは存在しない。

ただごく稀に「オフ」が存在することがある。そんな貴重なオフの過ごし方をここで紹介していく。

オフの日はもちろん目覚ましなんてふざけたものはセットせず、満足いくまで寝続ける。とりあえず「睡眠」の時間を満喫する。この時間がたまらなく愛おしい。そして、昼の3時くらいに起床し、ご飯を食べたら、ベッドでダラダラと好きな映画やアニメを観る。夕方6時くらいになると、レイトショーを観に行ったり、服を見たりしてショッピングを楽しむ。僕は映画もショッピングも基本的に1人で行くことが多い。やはり1人の方が人に気を遣わなくてもいいし、自分の時間を自由に使えるため魅力的だ。

コロナが流行る前までは、友達と朝まで飲んだりしていたが、それもできなくなってしまったので極力「自分の時間」を有効に使うようにしている。もし彼女ができたらオフの日は彼女に会う時間にあてたいと思う。彼女がいたら僕は結構「会いたい！　会いたい！」タイプの人間なのでオフは基本彼女と過ごしたい。

こんな感じで「オフ」の過ごし方は特別でもなく、いたって平凡だ。まぁ基本的にオフは家で完結することがほとんどだ。休日に家でずっとダラダラして、一日が終わってしまい「罪悪感」を感じる人もいると思うが、僕はそのダラダラに「充実感」を感じるタイプだ。

結局「オフ」は自分の気持ちに正直になるのが一番良い。そういうことなんで一旦この章はここで執筆終わって、もう寝てきていいっすか？　だって今日日曜日やし。

それじゃおやすみ。

僕の思うオシャレ

「てっちゃんって洋服いつもどこで買っているんですか？　好きなブランドは？」

僕のインスタのＤＭだったり、質問コーナーだったり、色んなところからこんな質問をされる。いや、聞いてくださる。まず僕の服に興味を示してくれてありがとう。

そんな時、僕はいつも決まって「通販か古着かなぁ」と答える。これは僕の洋服に興味を持ってくれた第三者からすると全くと言っていいほど参考にならない答えである。おそらく「〇〇のブランドが好きでいつも身に着けています」などを期待して質問してくれていたよね。


ただ僕は本当にブランド物とか全く詳しくないし、行きつけの古着屋さんとかもほとんど無い。ここのブランドの物を買おう！　あそこの古着屋さん行こう！　みたいなファッションモチベーションはあまり無い。僕が洋服を買う時は「あ、なんかこれかっこええ」とフィーリングで買っている。たまたま入った古着屋さんだったり、通販サイトをだらだら見ている時に、直感で「格好良い、着たい！」と思ったものを買うようにしている。

「てかおまえのファッション事情どうでもええわ！」って思っている方は本当にごめん。KADOKAWAの担当の方が「てっちゃんさん、10代、20代の子はファッションに迷いがちなんです。服について何かアドバイスくださいよ」と熱い要望が何度もあったので、自分なりに服との向き合い方について書いてみたというわけだ。

しかし、もちろん僕も服選びで気をつけていることはある。これは、まぁほとんどの方もそうだろうが「サイズ感」である。もはやファッションセンスやデザイン性より、この「サイズ感」が僕の中で一番重要視する部分と言っても過言ではない。

どんなデザイン性の高いブランド物を着てもサイズ感が合っていなければ台無しだ。服に「着られている」印象になるから。逆を言えばシンプルだけどサイズ感はバッチリの洋服を着れば、それだけで様になる。「自分は基本Lサイズ」と思っていても、お店によってはXLの方が似合ったり、Mサイズの方が似合ったりする。だからお店ごとにしっかりと試着することを心掛けてほしい。

まぁ僕自身、「サイズ選び」が本当に合っているか分からない。常にこれで良いのかと疑っている。あくまで予想だが、僕の体型は細身で肩幅はやや広めなので、自分の体型よりワンサイズ大きめのTシャツの方が似合う。こんな感じで自分の体型と擦り合わせて「似合うサイズ」を頭の中に置いておくことにしている。

つまりオシャレは「サイズ感」を意識したらそれなりに格好良くなると思う。てか、本当に僕は「オシャレ」を語られるような人間では無いから今も書いていてずっと恥ずかしい。まぁそんなことも言っていられないから、まだまだ僕は「オシャレ」について語っていく（笑）。ただこれは全て「僕のオシャレに対する考え」であって正解ではないから参考程度に聞き流して欲しい。

先ほど言った「サイズ感」ともう一つ僕がファッションで気をつけていることは「全身3色以内に抑える」ことである。洋服を着る時、基本的に3色までと決めている。たとえば、黒と白と青など。赤など派手な色を一色使いたいときも、3色ルールに倣えば、悪目立ちせずにしっくりさせることができる。たまに3色以上使うこともあるが、基本的に3色以内に抑えることを心がけている。

正直、オシャレに大切なもので「清潔感」とか「姿勢」とか「ヘアスタイル」「身長」「体重」とか挙げ出したらキリが無い。だから、僕が思うに「サイズ感」「3色以内に抑える」ことさえ心掛けておけば「無難」もしくは「オシャレ」になると考える。

僕はオシャレになるためには流行を追わなくてもいいし、ブランド物で固めなくてもいいと思う。もちろんロゴが好きで～などと好きなブランドがあればそれはそれで良い出会いだろう。極論、「自分の着たいモノ」「自分が格好良いと思うモノ」を着ることが一番のオシャレだと思う。本当にフィーリングで選んだもののほうが着ている自分のテンションも上がるし。そこに「サイズ感」とか「3色以内に抑える」ことを心掛けると、ますます良いものになるだろう。是非今日から参考にしてみてね。

台北の魅力

インドアな僕だが、「旅行は好き」という特性を持っている。今まで国内はもちろん、韓国、台湾、シンガポール、ハワイ、マレーシア、バリ、タイ、オーストラリアなど海外旅行もたびたび行った。そんな中で僕が個人的に「一番良かった」と思った旅行先をここで紹介する。

それは台湾である。僕は台湾の首都「台北」に大きな魅力を感じた。台北はハワイやバリのようなリゾート地とは違い、アジア特有の雑踏感がすごく良かった。夜市は歩いているだけで楽しいし、あの街の独特な匂いが「海外に来た感」をより強くさせてくれる。

ただそれだけが理由じゃない。雑踏感で言ったらタイやマレーシアもアジア独特のソレがある。なぜ僕が「台北」に大きな魅力を感じたのかというと、僕の好きな映画『一頁台北』の舞台であることが大きく関係している。この映画は夜の台北の魅力を存分に引き出し、台北の夜の街をノスタルジックに映し出している。僕自身、この映画を観た後、居ても立ってても居られなくなり、気付いたら台北へと足を運んでいた。

この映画のロケ地を、映画のサウンドを聴きながら歩いた時は、言葉じゃ上手く言い表せない高揚感が確かにそこにはあった。台北に行く人は是非「夜の台北」を味わってほしい。特に夜市は値段も安く、美味しい屋台やフルーツ屋さんが軒を連ねていて素晴らしい。僕がここでオススメしたいのは観光ブックや観光サイトに載っているような定番のお店より、路地裏にある、「ここ誰が行くねん」と思うような寂れたお店である。台北では綺麗で上品なご飯というより、B級感漂うローカル飯の方が雰囲気も相まって魅力を感じる。言葉を選ばずに言うとあの「小汚さ」が堪らなく好きだ。

これも個人的な意見だが台北にいると、どこか「落ち着く」。タイやシンガポールも、もちろん魅力的であったが、街のザワザワ感や人のギラギラ感をどことなく感じた。人のギラギラ感ってなんやねん。まぁその辺はニュアンスで感じ取ってほしい。ただ台北は街の雑踏感、現地の人たちにどこか落ち着きを感じた。夜はオシャレな街に移り変わって、ただ散歩をするだけだったり、ボーッと景色を眺めるだけで台北の夜のユルさに不思議と満足感が得られた。

読者の皆さんには、これらのたくさんの魅力がある台北に是非行っていただきたい。さらに言うと『一頁台北』を観てから行ってほしい。他の人と違った台北の楽しみ方が必ずできると思う。必ず。

あ～旅行行きて～。

前説

この本の執筆を開始する前、何度か担当の方と会議を挟んだ。どういった内容の本にするか、どういったスケジュールで執筆していくか等、色々と話し合った結果、担当の方から衝撃の一言が発せられた。

「いやぁ、この感じでいくとちょっと規定のページ数に足りないっすねぇ、てっちゃんさん小説とか書いちゃいます?」

いやいやいやいやいや。まず「本を書く」ということすら初めてなのに、「小説」というガッチガチの作家と同じ土俵に立つのはプレッシャーが凄すぎる。流石にド素人が足を踏み入れていい場所じゃない。もちろん僕はこう返した。

「ありっすね〜」

178

アハハハ。僕は「小説を書く」ということへの「憧れ」に逆らうことは出来なかった。この僅かなやり取りによって、僕の初小説がKADOKAWAさんの手によって世に放たれることが決定した。素直にめちゃくちゃ嬉しい。あざす。

そしてなんとかｐａｒｔ５まで書き終え、いよいよ小説の執筆を開始する時がきた。しかし、手が全く動かない。いや動かせない。どう書き出したらいいのか、登場人物はどうするか、テーマは？　内容は？

僕は悩みに悩んだ結果「とりあえずテーマ決めてみるかぁ」という決断に至った。

これから小説を読んでくださる人のためにも初めに決めたテーマだけでも伝えておこうと思う。今作のテーマは「男女の別れ」だ。読者にも別れを経験した人はいると思う。僕もその１人だ。この「別れ」をまずは男女の異なる視点から描き出し、あとから自分が紡ぐ文章に落とし込んだ。

まだまだ未熟でテクニックも何も無いが、どうか大目に見てほしい。僕なりに試行錯誤し、精一杯書いた作品なので、どうか皆の記憶に残るよう心から願ってます。

オリジナル小説

顔

てっちゃん

Face

「今日が2人でいる最後の日になる」。薫は菜々子の彼氏では無くなり、菜々子は薫の彼女では無くなる。お互いそれが分かっているから「最後くらいは」と2人でよく行った神戸ハーバーランドまでドライブに行った。帰りの車の中では「これで最後」という互いの認識が2人に気まずいという緊張感を持たせていた。そこで薫は話題を提供するかのように言葉を発した。

「キンセンカの花言葉って知ってる？」

　役割を終えた車のナビを消し、薫は菜々子にそう問いかけた。

「知らない」

　菜々子は無機質な返事をした。問いに聞き返すこともなく、数秒ごとに切り替わっていく窓の景色を、助手席でただぼんやりと眺めていた。

「去年さ、2年記念の旅行で淡路島に行ったやん、めっちゃええ旅館やったよなぁ〜」

　薫は無理に明るい口調で話を続けた。

「あの旅館の近くにキンセンカの農園があったやん、ほら、あのオレンジ色の綺麗な花、あれ2人で見に行ったん覚えてる？」

「行ったね」

「俺ら2人で綺麗やなぁ言うて、ええ旅行やったなぁ」

「うんうん、それで？　キンセンカの花言葉の話はどこいったの？」

　菜々子は、話を始めに戻した。そう聞き返した声は苛立っているような、あるいは早く会話を終わらせようと催促しているようだった。

「いや、それでさ、昨日ふと旅行の時のキンセンカ思い出して、キンセンカの花言葉ってなんやろって調べてみたら「別れの悲しみ」「失望」を意味するらしいねん」

　菜々子は、へぇ、とだけ言い、体ごと窓の方に寄せた。

「だからさ、なんか結局あの時から俺らが別れることはもう決まってたんかなとか思っちゃって……」

　薫は赤信号が近づくにつれ徐々にブレーキを踏む足を強め、前方に広がる見慣れた景色をじっと見つめていた。

「薫、そういうとこ」

「え？」

「結局何が言いたいの？　私たちが別れるのは去年から決まってたってこと？　なにそれ、薫ってそんなスピリチュアル的なこと信じるタイプだった？」

　菜々子は薫の方に顔を向け、少し苛立ちを見せた。ただそれは僅かに一瞬で、はぁ、とため息をつくと、また体勢を窓の方へと向けた。

「ごめん、ごめん、そんなつもりじゃなくて、ただなんとなく言ってみただけ」

　薫はしまった、と申し訳なさそうな表情を菜々子に浮かべたと同時に、次に何を話せばいいのか分からなくなり、咄嗟に菜々子の肩を叩いた。

「いや、ほんまにごめん、なんとなく言うただけやから忘れて」

　一瞬のことだったが、肩に薫の手が触れたのを見て菜々子の表情は少し曇った。その表情の変化を薫も追ってしまい、溝の深さを感じていた。


「てか青」

　菜々子にそう言われ、薫はゆっくりとアクセルを踏んだ。


　別れを決めたのは3週間前の出来事である。自分の身に「別れ」が押し寄せてきているというのを薫は肌で感じ取っていた。「薫、浮気しているでしょ」薫が菜々子にそう言われたのは2ヶ月前のことだ。菜々子を家まで送っている道中の車内で言われた。薫が「なんで？」と聞き返すと菜々子は、別に、とだけ返事をし、窓の景色に目をやった。その日以降、菜々子の態度が徐々に冷たくなっていった。連絡を取り合う回数も、デートをする回数も徐々に減っていった。なぜそのような態度を取るのかと聞いても、別に、と空返事のみが返ってくるばかりで、好きだった菜々子の声が次第にざらつきはじめ、ある時から問いただすのをやめた。状況に納得したわけではなかったが、打開する術を持っていなかった。

事実、薫は過去に一度、浮気をしたことがあった。ただそれが菜々子の耳に入るはずがないという根拠の無い自信があったため、「浮気をした」という事実は隠せているつもりでいた。菜々子は浮気を何かで知って、実はそれをずっと我慢していたのだろうか。でもとうとうしんどさが勝ってしまったのだろうか。菜々子はもともと内気で、1人でなんでも抱え込む癖があった。会社の上司にパワハラを受け続けていた時も、薫には何一つ愚痴を吐かず、1人で我慢し続けていた。

ある日、互いの仕事の話になると菜々子が急に泣きだすものだから、訳を執拗に聞くと、ようやく重い口を開いた。ただそのあとには「ごめんなさい、今のは忘れて、私の思い込みだから」と菜々子は声まで濡らし涙を拭っていた。それから「薫のそんな顔は見たくなかったわ」と優しく微笑みかけた。薫はこの時「この子の心の拠り所は自分だ」と依存されているかのような安心感も同時に得ていた。その安心感にどっぷりと浸かり、いつしか浮気をするまでの余裕を得てしまっていた。

薫と菜々子は付き合い始めて3年に差しかかろうとしていた。2人は同じ大学の同じ学部に所属し、大学3年生の秋に交際を始めた。お互いもうじき24になる。会社にも慣れ始め、2人で生活するには十分なお金も稼いでいた。このままの調子で付き合っていけば「結婚」するのではないかと思っていた矢先、菜々子から「私たち別れよう」と告げられた。薫は「なんで?」とは聞かず、「うん」とだけ答え、2人で3年記念日の日に別れようという決断に至った。

こんな綺麗な別れ方をするのだろうか。薫はどこか他人事のような、あっさりとした終わりに戸惑うとともに、本能的にさびしさを感じていた。だって3年だ。本来なら、もっと罵り合ったり、別れたくないと泣き叫んだり、俺は浮気なんてしていないと否定したり、やり直そうと懇願したり、するものではないのだろうか。

菜々子のその毅然とした態度の裏には、さびしいという感情はあったのだろうか。3年間いろんな表情を見てきたが、薫には何も感じ取れなかった。あるいは、その感情が菜々子にあったとしても、もう薫にはそれが理解できないところまできていた。

「今までありがとう」

薫ははっきりとした声で言った。終わりの言葉を口にすると、より「別れる」という事実が現実味を帯び、さびしさが増した。ただ薫は最後の夜くらいは明るく振る舞おうと心がけ、胸の内にあるさびしさを必死に押し殺していた。

「こちらこそ今までありがとう」

菜々子は薫の方をチラリと見て、そう言った。ただ夜と車内の暗さもあいまって、菜々子がどんな表情をしていたのかは、分からなかった。しかし、薫は菜々子のその声に驚きを隠せないでいた。ざらついていた声は形を変え、真っ直ぐ、芯の太い声が薫の鼓膜を直撃した。好きだった頃の菜々子がそこには確かにいた。

「今日で最後かぁ」

「そうね」

そのあと車内に長らく沈黙が続いた。時刻はすでに23時を回っている。窓から入る風が冷たい。何度も嗅いだことのある匂いだ、と薫は思った。

「コンビニでも寄ろうか？」

薫はじわじわと迫ってくる別れの恐怖とさびしさを少しでも紛らわせようと、咄嗟にそのようなことを口にした。未練がましい薫の姿は街灯の明かりに照らされ、別れを惜しむ哀れな姿を際立たせているかのようだった。

「明日も朝早いからいいわ」

菜々子のざらついた声が薫の耳にさわった。薫が車内から通り過ぎゆくコンビニの方へ目をやると、そこには若いカップルが肩を抱き寄せ合い笑っていた。

「そっか」

薫は無理に引きつった笑顔を浮かべた。肌寒い夜の空気が体にまとわりつき、それは心地良いものではなく、むしろ切なさ、かなしさ、苦しさ、を増長させるような気さえした。

「それじゃあね」車内から降りようとした菜々子の背中に薫は飛びついた。菜々子の心情は分からなかったが、その表情から見える少しの未練を薫は見逃さなかった。

「ちょっと……」薫にはこの後に続く言葉は見当たらなかった。ちょっと待って、やり直そう、やっぱり好きだ、そのどれもの言葉は全てが違うような気がして喉の奥につっかかったままでいる。ただ言葉にならなくとも、薫は本能的に菜々子の体を自分の元へと引き寄せた。菜々子はそれを拒絶するわけでもなく、むしろ流れに身を任せたまま薫の腕の中へと入ってきた。薫が両手で頬をつつむと菜々子は泣き出しそうな表情を浮かべていた。生々しい体温をかなしいと思い、愛しいと思った。薫はキスをした。菜々子の唇は柔らかく、瑞々しかった。最後のキスのはずなのに、これからも2人の関係は続いていくかのような勢いのあるキスをした。菜々子と別れたあと、薫はこのキスを思い出し、泣いてしまう、苦しんでしまう、ということを恐れた。その恐怖を紛らわすかのように明るい口調で語りかけた。

「じゃあ、また」

「またね」

薫は頷き、菜々子に微笑みかけた。菜々子も薫に微笑みかけ、車から降りた。マンションへと向かう菜々子の後ろ姿があまりに愛おしく、目で追い続けた。引き返せるタイミングはとっくに過ぎていた。次の角を右に曲がったところで菜々子の姿は見えなくなる。曲がり角に差し掛かろうとした瞬間、菜々子は顔をこちらに向けた。その顔は街灯の下に照らされ薫の目に、はっきりと映し出された。

菜々子のあんな顔は見たくなかった。

おわりに

ついに「おわりに」を書くまでたどり着いたか……ふぅ。

まずは一言。ここまで読んでくれたみんな本当にありがとう。「はじめに」で言った僕の片思いは実ったかな？　この段階で両思いになってくれていたら幸いです。まぁ、とにかくこの本を手にして、読んでくださったあなたのことが僕は大好きです!!

そして、物書きの右も左も分からない素人の僕に、書籍出版の話を持ちかけてくれたKADOKAWAさん、本当にありがとう。これ以上なく光栄に思う。最初は「書く」という行為への不安に押しつぶされそうであったが、今は執筆しながら大宰治ばりに頬杖をつき完全に文豪面をしている（笑）。

果たして本書は、みんなからどんな感想が飛び交うのかそれはもう楽しみで、楽しみで、しょうがない。そこの君、ツイッターとかインスタグラムはしてる？　もし、してたら感想たくさんつぶやいてね。SNSでこの本が広まってベストセラーになることを心から願っている。そしてこの本がめちゃくちゃに売れた後は印税生活で一生を謳歌しようと企んでいる。これは冗談。

あ、中高生は読書感想文にこの本のこと書いた方がいいと思うよ。先生に良い成績つけられるのは間違いない。大学生はレポートにでも書こう、絶対単位貰えるし。

つまり、みんなには、この本を1人でも多くの耳に届けてほしい。結構マジで。だって僕が今までみんなに言いたかったけど言わなかったこと、言えなかったことを僕の言葉で真剣に書いているから。自分の考えや価値観が多くの人へ伝えられるってめちゃくちゃ有り難いし、嬉しい。みんなもこの本を通じて共感したり、自分と重ねてみたり、あの恋を思い出したり、青春時代を懐かしんでくれたりしていると思うとニヤニヤが止まらない。

僕自身、これまで過去を振り返る機会があまり無かったので、執筆しながら、こんなにも過去の出来事を誰にも咎められず、合法的に語れるのか！　とウキウキしていた。だって自分語りばっかりする男はモテないし嫌われる。でもこの本ではこれでもかってくらいに「てっちゃん」という人物について語らしてもらった。悩みや挫折、失敗や後悔、僕が経験したことを全てこの本で話したつもりだ。

みんなもこれからの人生、仕事や人間関係で悩んだり、恋愛で後悔したり失敗したり、勉強で挫折したりと、色々な経験をすると思う。そんな時に心の支えになったり、時には笑いあったり、泣きあったり、どこか懐かしいような、寄り添ってほしいと思われるような、本書はそんな一冊であり続けたい。僕はいつでもみんなの側にいるから必要になった時は呼んでほしい。そして読んでほしい。これからも末長くよろしくね。今日は長い間、僕の話に付き合ってくれて本当にありがとう。

え、もう終電ない？

adidas

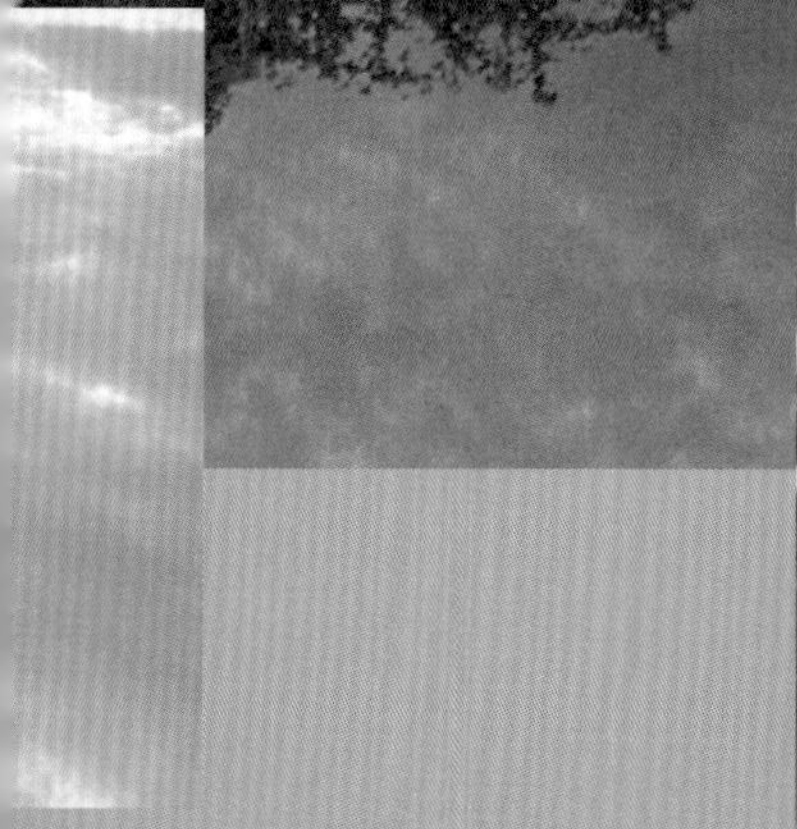

のぼらないで！
危険です。

acchine!

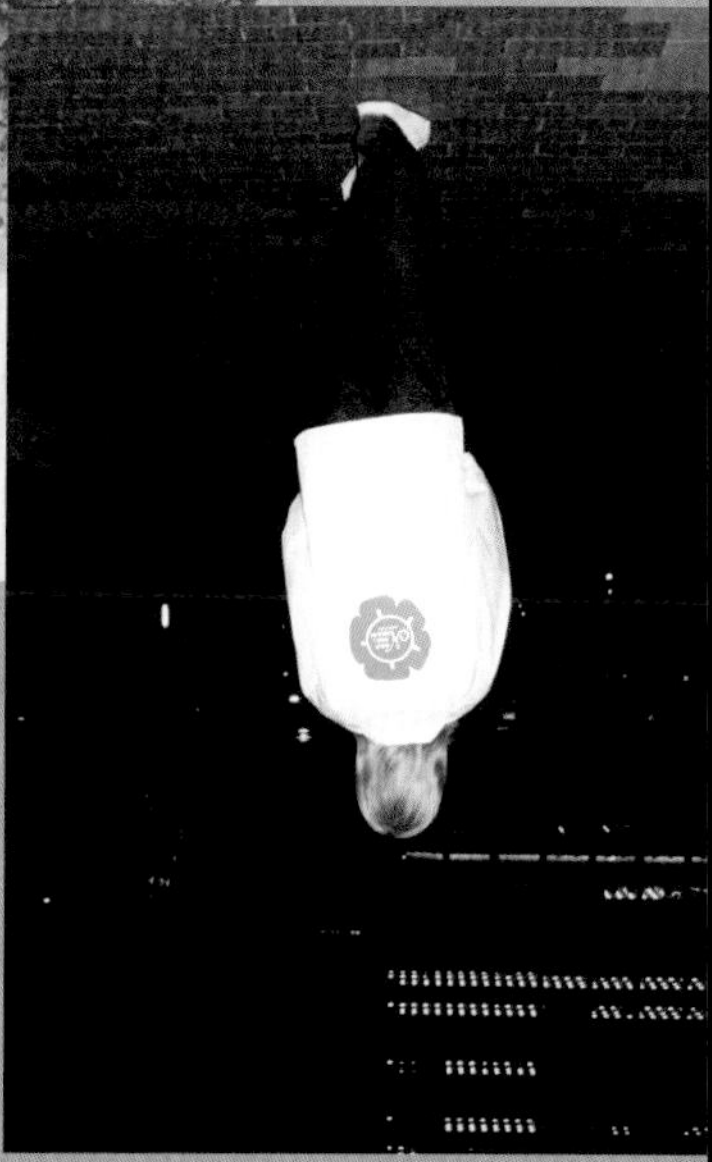
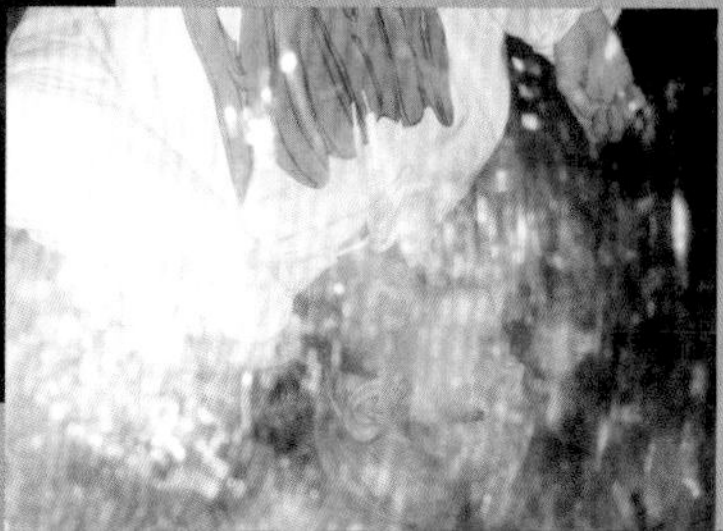

てっちゃん

5人組YouTuber、Lazy Lie Crazy【レイクレ】のメンバー。1998年3月23日生まれ、大阪を拠点に活動している。関西大学出身。YouTubeのチャンネル登録者数は2021年に100万人を突破。俳優としても活動しており、映画や舞台などに出演。J'Cinemaという個人チャンネルではラジオや自ら制作したオリジナル作品を公開中。本書が初の著書。

今夜は終電を逃して語りたい

2021年12月9日　初版発行
2024年6月5日　8版発行

著者／てっちゃん

発行者／山下直久

発行／株式会社KADOKAWA
〒102-8177　東京都千代田区富士見2-13-3
電話　0570-002-301（ナビダイヤル）

印刷所／図書印刷株式会社

●お問い合わせ
https://www.kadokawa.co.jp/（「お問い合わせ」へお進みください）
※内容によっては、お答えできない場合があります。
※サポートは日本国内のみとさせていただきます。
※Japanese text only

定価はカバーに表示してあります。

ISBN 978-4-04-605395-4　C0095